Saphira Czychon

Das Gegenteil von Traurigkeit

AF199096

Saphira Czychon

Das Gegenteil von Traurigkeit

Roman

Impressum

Infos zum Autor:

Saphira Czychon wuchs in einer kleinen Stadt in Deutschland auf und begann schon mit jungen Jahren zu schreiben und Geschichten lebendig werden zu lassen. In ihrem Debut-Buch erzählt sie über eine Geschichte, die sie wahrscheinlich ihr ganzes Leben nicht mehr vergessen wird. Nicht alles ist genauso geschehen, aber das meiste beruht auf wahren Ereignissen.

Bibliografische Information der Deutschen Nationalbibliothek:
Die Deutsche Nationalbibliothek verzeichnet diese Publikation in der Deutschen Nationalbibliografie; detaillierte bibliografische Daten sind im Internet über http://dnb.dnb.de abrufbar.

Herstellung und Verlag: BoD – Books on Demand, Norderstedt

ISBN: 978-3-7504-1446-4

Für Hanna, die mir gezeigt hat, was wahre Freundschaft ist.

Für Daniel, der mir gezeigt hat, was es wirklich heißt jemanden zu lieben.

Für meine Familie, die alles mit mir durchgestanden hat.

Ich liebe euch

Dienstag, 133 Tage zuvor

-Taylors Sicht-

Um diese Geschichte hier verstehen zu können, muss ich ein wenig ausholen. Also Hey, ich bin es. Taylor. Um genau zu sein Taylor Standel. Ich bin 21 Jahre alt und arbeite momentan bei Wallys, einem kleinen Buch-Kaffee. Das ganze allerdings mehr oder weniger freiwillig. Bis zu jenem Tag war mein Leben ziemlich trist. Klar ich hatte meine Freunde und führte im groben und ganzen ein ganz erfülltes Leben, aber mir fehlte etwas. Meine damalige Freundin betrog mich im letzten Sommer, weswegen ich nicht nur zurück in meine Heimatstadt in New Jersey zog und erstmal bei meinem Eltern unter kam, sondern auch in eine mittelschwere Depression rutschte.
Jeder Tag sah gleich aus, auch wenn ich viel erlebte und meist nur unterwegs war. Meist schlief ich bis Zwölf Uhr, aber das kam ganz drauf an, wie ich Schicht hatte. Da ich aber meist die Spätschicht hatte, konnte ich dem schlafen bis mittags oft nachgehen. Meist musste ich dann bis 21 Uhr arbeiten und dann schaute ich immer spontan was sich ergab. Mit freunden unterwegs sein, zuhause chillen oder etwas mit der Familie bzw. meinem Vater unternehmen. aber mir

fehlte etwas, und was es war, wurde mir erst durch Skyler klar.

Sie tritt eines spätnachmittags Anfang des jahres in mein Leben und ich bin ihr bis heute noch unfassbar dankbar dafür. Um ehrlich zu sein, hab ich sie nie wirklich war genommen, obwohl sie öfters die Woche vorbei kam und einen heißen Kaffee trank. Und ich war immer wieder aufs neuste fasziniert davon gewesen, wenn sie ein neues Buch lass.

Sie war ein hübsches und kluges Mädchen, aber auch ein sehr verletzbares. Mir wurde es erst im laufe der Zeit klar, wie wundervoll sie doch eigenlich war und wie wertvoll. Und als ich das merkte, war es schon zu spät.

Eines Nachmittags kam sie, wie so üblich mit ihrem schwarzen Reebok Rucksack in den Laden. Ich nahm an das sie immer direkt von der Schule aus her kam. Nie mit freunden, immer allein. Nur sie und ein Buch. Im Normalfall lief es so ab das sie zur Theke kam, sich etwas bestellte, wartete und dann auf einen Platz ging. Sie lächelte eigentlich immer, nur nicht an diesem Tag, wo unsere Geschichte begann. Und vielleicht fing deswegen unsere Geschichte an. Weil sie nicht lächelte und ihren Gefühlen freien lauf ließ. Weil ich sie verstand, ohne sie auch nur ansatzweise zu kennen. Sie bestellte etwas und ihre Augen waren so unfassbar leer und glänzten und ich könnte schwören, dass sie Geweint hatte, bevor sie den Laden betrat. Sie wirkte so verletzt, einsam, allein, verloren. Ich nahm ihre Bestellung auf. Dabei war Ich freundlich, wie immer, doch sie lächelte nicht. Sie nahm ihren Kaffee und huschte auf einen freien Platz. Es war kaum etwas los, weswegen sie freie Platzauswahl hatte. Sie stellte den Kaffee auf einem kleinen Tisch vor ihr ab und kramte dann in ihrer Tasche nach ihrem Buch. Sie ließ sich nach hinten auf ihren Stuhl fallen, schlug ihr Buch auf, legte das senfgelbe Lesezeichen auf den Tisch ab und begann zu lesen. Ich wusste nicht warum ich es tat, aber ich beobachtete sie.

1. weil nichts im Laden los war und ich mich irgendwie beschäftigen wollte.

2. weil es sich in dem Moment irgendwie richtig angefühlt hat, sie einfach nur anzusehen.

3. weil schließlich alle guten Dinge drei sind. Weil, sie wunderschön aussah. Wie sie da saß, versunken in ihr Buch.

Ich schaute von ihr weg und drehte mich nach hinten um und schnappte mir eine Tasse. Ich nahm sie in die Hand und trocknete mit einem Geschirrhandtuch die Ränder ab. Ich hörte ein leises schniefen, und auch wenn es so ruhig und sanft war, zuckte ich zusammen. Ich drehte mich um, und schaute von der Tasse auf und in ihre Richtung. In diesem Moment, in dieser Sekunde, als ich mich umdrehte, wurf sie ihr Buch zusammen geklappt auf den Tisch und brach in Tränen aus. Sie hielt sich die Hände vor ihr kleines zartes Gesicht. Ich wusste nicht was ich hätte tun sollen, also griff ich nach einer Taschentücherpackung und ging zu ihr hin. Sie war in keiner guten Verfassung, dass war mir bewusst und ich wusste, wäre ich nicht zu ihr hingegangen, wäre das ganze Vermutlich nicht gut ausgegangen. Sie ließ ihren Kopf auf den Boden sinken, als sie merkte, dass ich auf sie zu kam. Ich wollte wissen, was grad in ihrem Kopf vor ging. Worüber sie nachdachte, was sie spürte. Er ich mich versah tropfte eine Träne zu Boden. Nun stand ich ein paar cm von ihr entfernt und das einzige was aus meinem Mund rauskam war „Brauchst du ein Taschentuch?"

verlegen und auch ein wenig eingeschüchtert schaute sie langsam hoch und dann ganz plötzlich trafen sich unsere Blicke. Wir schauten uns einen Moment einfach nur an, dann kam sie auf meine Frage zurück.

„Nein eigentlich nicht, oder doch, danke"

sie nahm es hin und tropfte sich die Tränen aus ihrem Gesicht. Sie wirkte geknickt und irgendwie auch irritiert. Und ich hätte zu gern gewusst, was geschehen ist. Ich hätte sie zu gern gefragt, wer ihr, ihr Lächeln genommen hat. Doch ich ließ es, weil ich schließlich für sie ein fremder war. Ich versuchte ihr ein kleines Lächeln zu entlocken und für einen kleinen Moment klappte es auch tatsächlich. Auch wenn ich zu diesem Zeitpunkt weder ihren Namen, noch sonst irgendetwas über sie wusste, so wusste ich, dass ich sie an diesem

Tag das erste Mal war nahm. Und ich war mir ziemlich sicher, dass sie etwas änliches fühlte.

130 Tage zuvor

Drei Tage waren vergangen, seit ich sie hier im Laden das letzte Mal gesehen hatte. Sie mit ihrem Buch, den Tränen und diesem unglaublich leeren Blick. Und drei Tage nachdem das passiert war, betrat sie wieder den Laden, aber diesmal so, wie ich sie kannte. Mit einem Lachen im Gesicht. Sie wirkte wieder fröhlich, ganz verändert und überhaupt gar kein Vergleich mehr zu dem von vor Drei Tagen. Sie bestellte dasselbe, wie immer, doch eins war anders. Sie setze sich mit ihrem heißen Kaffee nicht an irgendeinen Tisch im hinteren Teil des ladens, sondern direkt an die Theke. Das hatte sie zuvor noch nie getan.

„Danke für neulich" brachte sie ganz verlegen raus. Ich wusste erst nicht ob sie mich meinte, aber als mir bewusst wurde, das kein anderer im Laden war und sie ihr Handy nicht in ihren händen hielt, wurde ich plötzlich ganz nervös. Ich wollte ein Gespräch aufbauen, doch weder wusste ich wie, weder noch, wie sie reagieren würde. Und wenn ich ganz ehrlich war, hatte ich auch Angst davor, wie sie reagieren würde. Aber als ich es einfach tat, sie ansprach ohne groß drüber nachzudenken, war es plötzlich okay. Ich hantierte mit einer leeren Tasse und der

Kaffeemaschiene rum und fing an ein Gespräch mit ihr aufzubauen.

„Wie war die Schule?" fing ich an.

Sie schaute leicht erschrocken und verwirrt auf.

„Meinen sie mich?"

daraufhin konnte ich mir ein Lächeln nicht verkneifen.

„Bitte sag du zu mir, ich komme mir sonst so alt vor. Ich heiße Taylor Standel, aber für dich nur Taylor."

es dauerte einen klitze kleinen Moment, aber sie erwiederte mein lächeln.

„Ich heiße Skyler Johnson, aber du kannst mich auch Sky nennen, so tun es zumindest die meisten."

sie schaute mich an und lächelte, als hätte sie nie etwas anderes getan.

„Na dann, schön dich kennenzulernen Skyler." mein grinsen im Gesicht wurde immer breiter und wahrscheinlich wurde ich auch leicht Rot.

Das ist eine Macke von mir, die ich schon seit der Grundschule hatte. Selbst wenn der Lehrer mich nur aufgerufen hatte, um etwas an die Tafel zu schreiben, zum Beispiel, wurde ich Rot, wie eine Tomate im Gesicht. Ich weiß bis heute nicht, warum das so ist, ich weiß nur, dass sich bis heute nichts daran geändert hat.

In diesem Moment, als Skyler und ich uns einfach nur anlächelten, hätte ich mir gewünscht, wir hätten uns unter anderen Bedingungen kennengelernt. Richtige Person, nur zur falschen Zeit. Und so begann wohl die schönste, schmerzhafteste und unvergesslichste Zeit meines Lebens.

128 Tage zuvor

Auch wenn wir uns noch nicht lang kannten, so wusste ich, seit sie das letzte Mal im Laden war, schon eine ganze Menge über sie. Wo sie zur Schule ging, welche ihre Lieblingsbücher waren, wo sie unbedingt hinreisen wollte, was sie in ihrer Freizeit tat. Und ich würde lügen, wenn ich sagen würde, dass sie so gar nicht mein Typ wäre und ich mich jedesmal aufs Neue freute, wenn sie den Laden betrat. Das einzige Problem, was da nur blieb, war das Problem mit meiner Ex-Freundin und ich weiß nicht, ob es überhaut irgendwann einmal weg sein wird.

Abgesehen davon, habe ich starke Probleme zuhause und das bitte nicht falsch verstehen, ich liebe meine Familie von ganzen herzen, aber manchmal gehen die mir alle ganz schön auf die Nerven. Ich weiß nicht was ich tun soll, wenn Skyler eines tages, was früher oder später mal passieren wird, mit zu mir möchte, dann wird es ein Problem sein. Mein Vater ist alkoholiger und das ist mir um ehrlich zu sein total peinlich und unangenehm.

Oh man, sie war genau das, was ich über die Jahre immer vergeblich gesucht hatte. Wären nur all diese Probleme nicht da. Dann wäre das ganze viel einfacher.

Und in diesem Moment fühlte sich alles andere, wie eine Lüge an. So etwas hatte ich noch nie gefühlt. Da war ich mir sicher.

125 Tage zuvor

Es war ein verregneter Mittwochnachmittag. Durch unsere großen Fenster konnte man draußen sehen wie Buchstäblich die Welt unter ging. So dolle regnete und stürmte es. Menschen liefen mit Regenschirmen durch die Straßen von New Jersey, gejagt von heftigen Windstößen, so stark, als würde jeden Moment ein Wirbelsturm aus dem nichts auftauchen und uns alle in seinen Bann ziehen. Hier drin war es ruhig. Die orange-matt leuchtenden Lampen schufen eine gemütliche und schöne Atmosphäre. Außer ein paar Leuten, ich glaube es waren vier oder so, war nichts im Kaffee los. Normalerweise ist es so, dass mir solche Tage eher weniger im Gedächtnis blieben, aber dieser Tag hier, dieser Tag war besonders. Und er ist bis heute in meinem Kopf geblieben.

Ich war grad im Begriff das Behältnis der Kaffeemaschiene mit Pulver auf zufüllen, als die Tür zum Laden aufging und jemand total durchnässtes den Laden betrat. Durch die große Kapuze konnte ich erst nicht erkennen, wer es war, aber als die Kapuze dann entfernt war, freute ich mich umso mehr, dass es

Skyler war. Trotz des mieserabelen Wetters sah sie total fröhlich aus.

„Na Johnson, was geht? Was machst du denn bei diesem Wetter draußen?" ich setzte mein charmantestes Lächeln auf und wartete auf Erwiederung. Sie Schaute in meine Richtung, lächelte und kam dann mit großen Schritten auf die Theke zu.

„Na Herr Standel, das Wetter ist doch wundervoll, ich wüsste nicht, warum ich nicht rausgehen sollte." sagte sie und lachte dabei.

Ohne dass sie auch nur ein Hauch sagen musste, wusste ich, dass sie einen Kaffee wollte. Den wie immer.

Ich machte also ihre Bestellung, die eigentlich gar keine Bestellung war, weil sie ja nicht bestellt hatte fertig und schieb ihr die Tasse rüber.

„Pass auf, ist ziemlich heiß"

„ach echt? Ich dachte er wäre kalt" jetzt lachten wir beide.

„Standel" rief plötzlich eine sehr vertraute Stimme hinter mir. „Mach erstmal Pause, ich löse dich ab."

Es war mein Kollege Jeff, der mir in dem Moment, als ich mich zu ihm umdrehte, zu zwinkerte.

„thanks bro" ich boxte ihn leicht in seine Schulter. Ihr müsst wissen, wir verstehen uns echt sehr gut und unternehmen auch privat viel miteinander.

„ach Jeff?"

„Jo wobei kann ich dir behilflich sein?" er setzte ein neugieriges Gesicht auf.

„Ich hätte ganz gern auch einen kaffee, aber nicht zu

stark und mit Süßstoff, statt Zucker, weil ich achte ja auf meine Liene. Ach ja und mit karamelsirup, aber der, der nicht so klebt." So mehr ich redete, desto mehr rollte er die Augen zur Seite, und Skyler konnte sich plötzlich das Lachen nicht mehr verkneifen.

„Sonst noch ein Wunsch der Herr?"

„mit Mandelmilch bitte" jetzt konnte auch ich mir das Lachen nicht mehr verkneifen.

„Jeff das war natürlich nur ein Spaß. Kann ja sein, dass ein Kunde das wirklich mal bestellt. Man weiß ja nie." Ergänzte ich nach wenigen Sekunden.

Jeff schaute jetzt total verwirtt zu mir und Skyler.

„Also was darf es jetzt sein?"

„ein Kaffee. Einfach nur ein ganz normaler Kaffee."

„kommt sofort."

Es dauerte keine Zwei Minuten und auch ich hatte meinen Kaffee. ich nahm unsere beiden Tassen und ging damit zu einem kleinen Tisch, der etwas weiter abseits der anderen Tische lag.

„Willst du mir jetzt also Gesellschaft leisten, ja?" fragte sie mich, als wir uns gesetzt hatten.

„nichts lieber, als das" wir lachten beide wieder.

Es dauerte einen kleinen Moment, bis wir richtig ins Gespräch kamen, aber irgendwann flossen die Worte ganz von selbst. Es vergingen Minuten, wenn ich mich nicht täuschte, sogar eine ganze Stunde. Eine Stunde in der wir einfach nur da saßen, warmen Kaffee tranken und uns über alles unterhalten konnten, was uns bewegte. Und dann ganz plötzlich aus dem nichts her raus tat sie etwas, womit ich nicht gerechnet hatte.

„du Taylor, mir ist das jetzt ein wenig unangenehm, aber-"

ich unterbrach sie. „Skyler?"

erwartungsvoll schaute sie mich an.

„ja?"

„dir muss nichts unangenehm sein." Ich lächelte ihr zu, weil ich merkte, dass sie verunsichert war. Sie holte einen kleinen zusammen gefalteten Zettel aus ihrer Jackentasche hervor und schieb ihn zu mir rüber. Er war winzig. Um genau zu sein ziemlich winzig. Ich nahm ihn an und schaute sie an.

„ich würde mich freuen, wenn du mir schreiben würdest, aber das musst du nicht falls-"

 Ich unterbrach sie mitten im Satz. „das werde ich." Ich lächelte sie an. Sie lächelte zurück, nahm ihre Sachen und ging.

Von diesem Tag an konnte ich also wann immer ich auch wollte mit ihr Kontakt aufnehmen. Und das war wirklich ein wunderbares Gefühl. Ich kannte sie kaum, aber es fühlte sich an, als würde ich sie schon Ewigkeiten kennen.

124 Tage zuvor

Gleich am nächsten Morgen war das erste was ich nach dem aufstehen tat, mein Handy in die Hand zu nehmen und Skylers Nummer einzutippen.

Im ersten Moment kamen mir Gedanken auf wie, was wenn sie dich nur verarscht und das alles nur ein blöder Scherz von ihr und ihren Freunden ist. Doch diese Gedanken Verschwanden auch im selben Moment wieder, Weil ich wusste, dass Skyler nicht so war. Sie war anders und das wusste ich vom ersten Augenblick an.

Ich öffnete meinen Whatsapp-Account und schrieb ihr eine Massage.

Hey Skyler, Ich bin es Taylor von Wallys. Wie geht es dir?

Ich schloss den Chat, packte mein Handy an die Seite und machte mich dann für die Arbeit fertig.

Es war ein ziemlich langer und stressiger Arbeitstag, weswegen ich erst nach Feierabend dazu kam, meine

Nachrichten zu checken. Auf dem Weg Nachhause, den ich immer zu Fuß ging, weil ich nur ungefähr 20 Minuten entfernt wohnte, Schaute Ich mir meine Nachrichten an. Es waren Drei Nachrichten drauf. Zwei von meinen besten Freunden und eine von Skyler. Sie Schrieb:

Hey Taylor, mir geht es soweit ganz gut, danke der Nachfrage und dir?

Die Nachricht war knapp fünf Stunden alt. Ich schrieb ihr etwas zurück und ging dann weiter nachhause. Ehe ich mich versah, war der Tag zu Ende und ich viel kaputt in mein Bett.

115 Tage zuvor

Die letzten Tage waren ziemlich stressig, um ehrlich zu sein. Die Arbeit hat mich ganz schön eingespannt und wirklich viel Freizeit blieb nicht wirklich übrig. Zudem hatte ich endlich einen Anwalt vom Gericht gestellt bekommen und somit war ich schonmal einen kleinen Schritt weiter. Ihr fragt euch jetzt mit Sicherheit warum ein Anwalt, ja das geht alles aufs Konto meiner Ex-Freundin. Nur zum Verständnis. Sie betrog mich, Ich ertappte sie dabei und dann fing sie an Behauptungen aufzustellen, wie z.B. dass ich 12 000 Euro von ihr genommen hätte, ohne sie um Erlaubnis zu bitten und nun ihr das Geld nicht zurück zahlte. Um das klar zustellen, das ist natürlich völliger Unsinn.

Nachmittags erhielt ich eine Nachricht von Skyler, worin sie mich fragte, ob wir uns nicht mal auf einen Kaffee oder was treffen wollten. Das lehnte ich natürlich nicht ab, und so kam es das wir uns zweieinhalb Wochen später das erste Mal trafen. Zumindest war es so, dass wir das planten.

99 Tage zuvor

Es war ein Mittwoch im Februar. Skyler und ich kanten uns nun schon fast einen Monat bzw. reden seit fast einen Monat miteinander und diese Woche sollte es zu unserem ersten Treffen außerhalb der Arbeit kommen. Ich hatte die ganze Woche über frei, was echt mal ziemlich entspannend war. Geplant war es mich an diesem schönen Mittwoch mit ihr zutreffen, allerdings musste ich auch zur Bank nach Trenton. Dort habe ich gelebt, bevor ich wieder hierher gezogen bin. Es liegt ungefähr eine Stunde von meinem jetzigen Wohnort entfernt. Beides ging auf jeden Fall nicht.

Verabredungen abzusagen, war schon immer eines der Dinge, die ich am meisten hasste. So leid es mir auch tat, aber an diesem Tag blieb mir nichts anderes übrig. Ich schrieb Skyler noch schnell eine knappe Nachricht, dass ich es nicht schaffte und machte mich dann mit meinen Dad auf dem Weg nach Trenton.

Natürlich war es für mich nicht grade toll, dass ich die Verabredung absagen musste, und ich tat dies auch wirklich ungern und mit einem schlechten Gewissen, gegenüber Skyler, aber an diesem Tag musste ich andere Prioritäten setzen. Am Donnerstag, den Tag darauf, versuchten wir es dann erneut. Betonung lag auf versuchten.

98 Tage zuvor

Erneut musste ich die Verabredung mit Skyler absagen, was mir auch wirklich total leid tat, aber auch dieses Mal ging es nicht anders. Mittlerweile musste sie bestimmt diejenige sein, die sich verarscht vor kam. Wahrscheinlich dachte sie, dass ich es nicht ernst mit ihr meinte und sie nur verarsche, obwohl das ganz und garnicht der Fall war. Im Gegenteil. Ich war sehr interessiert daran, sie näher kennenzulernen.

97 Tage zuvor

Nun war es also schon Freitag. Die Woche war fast wieder um und dieses mal verging sie viel schneller, als sonst. Vielleicht kam es mir, aber auch einfach nur so vor. Sonst zog sich so eine Woche immer, wie Kaugummi. Und das meine ich ernst.

Nach zwei vergeblichen versuchen, war nun heute endlich der Tag gekommen, an dem Skyler und ich uns das erste Mal außerhalb der Arbeit trafen. 15 Uhr in der Altstadt, bei dem knallroten Kiosk war unser Treffpunkt. Ich machte mich pünktlich auf dem weg und wartete dann an der Bushaltestelle auf sie. Normalerweise bin ich immer ein wenig zu spät, um ehrlich zu sein. Nicht nur bei treffen, sondern auch auf der Arbeit, weswegen mir meine Chefin meist nicht die Frühschicht gibt. Das ist auf jeden Fall noch eine Sache, an der ich noch arbeiten muss. Pünktlich sein. Jedenfalls war an diesem Tag ich derjenige, der als erstes da war. Das passiert ziemlich selten. Wenn es hochkommt ein bis höchstens zweimal im Jahr. Drei Minuten vergingen und Skyler tauchte auf. Wir waren beide ziemlich zurück haltend und wussten erst nicht, wie wir uns verhalten sollten.

„hast du Lust zu Starbucks zugehen?" schlug ich ihr vor.

„ja, können wir machen." Antwortete sie mir verlegen. Im Laden angekommen bestellten wir uns beide einen Tee und suchten uns einen freien Platz, der relativ nahe am Ausgang lag.

„Also, wie war die Schule heute?" fragte ich sie um die Stimmung ein bisschen auf zu lockern. Dabei lächelte ich selbstverständlich.

„nun, ich hatte heute einen Arzttermin, weshalb ich heute nicht in der Schule war. Und generell läuft es mit der Schule momentan nicht so gut."

„das heißt?"

„ich habe dir ja bereits erklärt, dass ich-" sie schniefte kurz, ehe sie weitersprach. „dass ich momentan wieder ziemlich stark mit meinen Depressionen zu kämpfen habe und ich deswegen die Schule nicht ganz auf die Reihe kriege. Und dann ist da noch diese Essstörung, dieser selbsthass und das Leben. Es zerreißt mich irgendwie." und das sagte sie mit gesänkten Kopf und plötzlich tropfte eine Träne auf dem Tisch. Ich griff in meine rechte Jackentasche und fischte ein Taschentuch her raus.

„hier." ich hielt es ihr hin. Dankend nahm sie es an und tupfte sich die Tränen aus dem Gesicht.

„weißt du, ich habe keine Ahnung wann das alles anfing, oder wann ich angefangen habe das Leben als etwas schreckliches anzusehen. Ich weiß nicht warum das so ist und warum es so schmerzt." während sie das sagte, liefen immer mehr Tränen aus ihren smaragdgrünen Augen. Und es tat mir so weh, sie so zu sehen. So zerbrochen und zerrissen. So allein. Ich wollte ihr helfen, doch ich wusste nicht, was ich tun sollte.

„weißt du, Depressionen sind nicht einfach so von heut auf Morgen da. Sie entstehen meist über einen ziemlich langen Zeitraum. Bei manchen sogar über Jahre und sie merken es garnicht richtig. Meist erst dann, wenn man schon ganz tief drin ist. Was ich sagen möchte ist, dass eine Depression nicht du bist. Es ist wie eine schwarze große Qualle. Etwas großes, schwarzes, böses. Sie redet uns ein, wir sein nichts wert und wir glauben das. Wir glauben alles, was dieses Ding versucht uns einzureden. Doch das dürfen wir nicht zulassen. Skyler du darfst diesem Ding nicht die Kontrolle über dein Leben über lassen." die Wörter sprudelten einfach so aus mir her raus und das überraschte sogar mich selbst.

„hast du Ahnung von dem was du da sagst? Also ich mein hast du auch-"

Ich unterbrach sie. „Depression? Ja, ich habe auch welche. Schon eine ganze Ewigkeit, aber ich komme irgendwie damit zurecht." ich sagte das, als wäre es selbstverständlich, dass man irgendwie damit zurecht käme. In Wirklichkeit aber zeriss es mich, aber zu diesem Zeitpunkt hatte ich es noch nicht einsehen können.

„meinst du es besteht die Chance irgendwann wieder ganz gesund zu sein? wieder normal leben zu können, ohne den ganzen Tag daran zu denken, dass man am liebsten sterben möchte."

„du möchtest nicht sterben Skyler, du möchtest nur das der Schmerz aufhört. Und um ehrlich zu sein kann ich deine Frage nicht beantworten. Ich weiß es nicht." wir schauten uns einen kurzen Moment in die Augen.

„also hast du einen Freund?" ich dachte damit könnte ich die Stimmung etwas auflockern, doch irgendwie erreichte ich damit eher das Gegenteil.

„ich habe keinen Freund und generell hatte ich auch noch nie eine richtige Beziehung und wahrscheinlich werde ich auch nie einen haben." ihr Blick sängte sich erneut.

„nicht?" ich runzelte die Stirn.

„nein, es hat nie wirklich gepasst. Um weder habe ich geliebt und der andere nicht oder anders her rum. Es war noch nie beitseitig. Ich würde das zu gern erleben, bevor ich sterbe. Aber vielleicht ist es auch ganz gut das ich noch keine Beziehung hatte."

„Beziehungen sind schon etwas seltsames, aber auch etwas schönes." ich schmunzelte sie an und sie tat das Selbe. Kurz danach ließ sie den Kopf wieder sinken. In ihrem Kopf schien eine Menge vor zugehen. Ein Moment der Stille brach aus. Ich hörte ein leises schniefen und dann schaute sie mich an. Mit Tränen in den Augen. Sie wirkte so verletzt und kaputt. Ich konnte es in ihren Augen sehen.

„was ist das Gegenteil von Traurigkeit?" sagte sie weinend. Sie schaute mich so fragend an. Als suchte sie in meinen Augen nach antworten.

„ich glaube alles was einen strahlen lässt. Alles was einen glücklich macht. Alles was einem, einen Grund zum Leben gibt. Du bist das Gegenteil von Traurigkeit."

„ich? Dir ist bewusst das ich hier heulend vor dir sitze und du willst mir sagen, dass ich das Gegenteil von Traurigkeit bin?" sie schaute mich fragend an. Suchte weiter nach Antworten.

„ja, ich meine es so, wie ich es gesagt habe. Du strahlst. Du hast etwas positives an dir." ich erwartete, dass sie es abstritt doch nichts dergleichen passierte. Sogar das Gegenteil geschah. Sie nahm es an.

„danke" sagte sie verlegen.

„hast du Lust noch einen Moment in die Bibliothek zu gehen? Vielleicht bringt dich das ja auf andere Gedanken."

„ja, sehr gern sogar."

Wir zogen unsere Jacken an und gingen dann nach draußen in den Regen. Wir schlenderten noch einen Moment durch die Stadt und landeten schließlich in der Bibliothek.

„und du liest also gern Romane, ja?"

„woher weißt du das? Stalkst du mich etwa?" sie schaute mich erstaunt an.

„nein Skyler" ich lachte. „ich weiß das, weil du immer nur Romane dabei hast, wenn du bei Wallys bist. Deswegen vermute ich das." sie lächelte einen Moment.

„stimmt, das hat mich wohl verraten."

„allerdings" ich lächelte.

Wir schnüsterten noch ein wenig durch die große Stadt Bibliothek und am Ende verließ Skyler sie, mit fünf neuen büchern, die ich ihr zum Lesen aufgeschwatzt hatte. Ich brachte sie noch mit zur Bushalltestelle und wartete dort noch mit ihr, bis schließlich der Bus kam. Doch diese ganzen 13 Minuten die wir dort standen, sprachen wir kein einziges Wort. Ihr Bus kam und dann fragte sie mich ganz süß

„darf ich dich umarmen?"

„klar."

schließlich umarmten wir uns. Sie stieg in den Bus und ich machte mich auf dem Weg zur Bahnhaltestelle. So endete der Tag der alles ins Rollen brachte. Er war der Anfang vom Ende und umgekehrt.

94 Tage zuvor

Ich wachte mit der wohl schrecklisten Erkältung seit langem auf. Mein Kopf dröhnte und mein Hals schmerzte. Ich war schon Ewigkeiten nicht mehr so dolle Krank gewesen, wie zu diesem Zeitpunkt. Trotz alledem schleppte ich mich zur Arbeit und überstand den Tag wohl oder Übel.

Abends zuhause angekommen legte ich mich gleich in mein Bett und ging ans Handy. Eine Nachricht von Skyler hatte mich in der Zwischenzeit erreicht.

Hey du, Ich wollte fragen, ob du am Donnerstag schon was vor hast?

Mein Kopf ratterte kurz. Stimmt, Donnerstag war Valentinstag. Ich schmunzelte und tippte dann eine Nachricht ein.

Du meinst außer, dass ich mich mit dir treffe?

Haha ein ziemlich guter Plan, wenn du mich fragst.

Ich packte mein Handy wieder an die Seite und kuschelte mich in mein Bett ein. Ich hoffte sehr, dass ich bis Donnerstag wieder komplett fit bin, damit ich mich mit ihr treffen konnte. Das letzte was ich wollte, war sie zu enttäuschen. Auch wenn wir uns noch nicht lang kannten und wir auch noch nicht so viel über einander wussten, war es mir trotzdem wichtig sie nicht hängen zu lassen.

91 Tage zuvor

Nachdem ich mich am Montagabend hingelegt hatte und hoffte, dass die Erkältung schnell wieder vorbei ging, wurde ich Dienstagmorgen wach und fühlte mich schlechter denn je. Ich holte mir eine Krankmeldung von meinem Arzt, da ich es beim besten Willen nicht geschafft hätte zu arbeiten. Nicht unter diesen Umständen. Zurück vom Arzt, legte ich mich in mein Bett und verbrachte den ganzen restlichen Tag dort. Zwei Tage später schien allerdings immer noch keine Besserung in Sicht und so kam es, wie es kamen musste. Ich entschied mich schließlich nachmittags dazu, das Treffen mit Skyler abzusagen.

Ich versetzte Skyler Johnson am Valentinstag.

Noch am selben Abend brach eine kleine Welt für mich zusammen. Ich hatte noch nie eine Verabredung am Valentinstag und dann hab ich mal eine und was passiert, natürlich ich werde versetzt. Klar hatte ich Verständnis dafür dass er Krank war, aber ich hatte mich so gefreut und mal wieder wurde ich, wie so oft in meinem Leben enttäuscht. Ich weiß, das klingt wahrscheinlich komisch für den ein oder anderen, aber ich fühlte etwas für Taylor. Ich weiß nicht genau was es war, aber da war etwas. Und was ich wusste war, dass es irgendwie weh tut. Weil beides weh tut. Etwas verlieren und etwas bekommen und ich nicht genau wusste ob die ganze Sache mit mir und Taylor Sinn machte. Ob ich am Ende nicht doch wieder Enttäuscht werden würde.

Ich habe dich gefunden, als ich dich am wenigsten gesucht habe und dafür möchte ich dir danken. Auch wenn wir zu diesem Zeitpunkt noch nicht ahnten wohin das alles führt. Ich bin dir dankbar und ich werde es immer sein.

84 Tage zuvor

Eine Woche später dann sollte es zum erneuten Treffen von mir und Taylor kommen. Dieses Mal aber waren wir in einem kleinen Park verabredet, der nur ungefähr 15 Minuten (Normales Schritttempo) entfernt lag. Vor zwei Jahren war dieser Park praktisch mein zweites zuhause. Vielleicht sogar hielt ich mich mehr dort auf, als wie in meinem eigentlichen zuhause. Der Grund dafür war meine Depression, die zu diesem Zeitpunkt am immer stärker werden war. In den Sommerferien 2017, Ich erinnere mich noch, als wäre es gestern gewesen, war ich jeden Tag dort. Ich saß jeden Tag dort auf einer Bank, mit Kopfhörern in den Ohren und spielte meine „Sad Songs" Playlist ab. Tag für Tag. Woche für Woche.

Das Ganze hat bis zum heutigen Tag nicht wirklich aufgehört. Klar ich war 2018 so gut wie kaum an diesem Ort, aber das hieß nicht, dass es mir gut ging. Ganz im Gegenteil. Ich war im wahrsten Sinne des wortes fast Tod. Als sich das Jahr 2017, was btw ein komplett bescheuertes Jahr war, dem Ende neigte, rutschte ich in eine Essstörung. Um genau zu sein in die Anorexie. Ein ganzes Jahr später konnte ich mit Hilfe meiner Therapeutin, den Grund dafür ausfindig machen.

Es war mein geringes Selbstwertgefühl. Ich konnte mich nie akzeptieren geschweige denn mögen. Und Um ehrlich zu sein hab ich mich gehasst und so ging es immer weiter Berg ab.

Durch Die Anorexie hat das schulische bei mir sehr gelitten. Ich hungerte mich auf 41 kg runter und fand mich immer noch zu Fett. Es blieb Monate so und dann irgendwann ganz plötzlich ging es endlich wieder Berg auf. Ich nahm langsam zu, versuchte mich wieder der Welt zu öffnen, nur die Schule, das war eines der Dinge, die ich bis zu diesem Tag immer noch nicht auf die Reihe bekam. Das war auch ein Grund warum ich ein Praktikum machte und das erstmal als Ersatz für die Schule gelten ließ. Ich fuhr also morgens zum Praktikum und freute mich den ganzen Tag, wie ein kleines Kind auf dieses treffen.

Ich kam von meinem Praktikum nachhause, trank noch einen kleinen Schluck Wasser und machte mich dann gegen 16:30 Uhr auf dem Weg. Eigentlich war es sogar geplant sich einen Tag zuvor zutreffen, allerdings kam ein Zahnarztbesuch dazwischen, weswegen es leider nicht klappte. Ich wartete auf einer Bank auf ihn. Sogar die Pralienen, die Ich ihm eigentlich schon vergangene Woche am Valentlinstag geben wollte, hatte ich dabei. Ich dachte vielleicht, dass er sich ein wenig darüber freuen würde.

Schon ganze fünf Minuten nach mir, traf auch er ein. Er ging den kurzen Weg zur Wiese hinunter und kam mir entgegen. Zur Begrüßung umarmten wir uns kurz und gingen dann zu der Bank, auf der ich vorher gewartet hatte.

Nun waren wir hier. Er, seine Braunen Haare zu einem sogenannten Männer Dutt gemacht und seinem gut aussehenden lächeln. Und ich mit der Angst, dass er mir wichtig wird und dann einfach so wieder aus meinem Leben verschwindet. So wie es die meisten vor ihm getan hatten.

Wir redeten am Anfang ziemlich viel belangloses, ohne wirklichen Sinn, Doch ganz plötzlich aus dem nichts, kam er mit einer Frage an.

„bin ich eigentlich dein Typ?" er schaute gespannt zu mir rüber.

„ja schon und bin ich dein Typ?" neugierig auf seine Antwort schaute ich zu ihm.

„ja total."

Diese Antwort überraschte mich etwas, um ehrlich zu sein. Ich hätte nicht damit gerechnet, dass er mir sagt, dass ich sein Typ bin. Wirklich nicht.

„hast du vielleicht Lust mal zusammen einen Horrorfilm zugucken?" oder „wir können ja dann zusammen lernen." waren nur zwei Dinge, die er mir an diesem Nachmittag bzw. frühen Abend vorschlug.

Nur bis heute, haben wir all diese Sachen nie getan. Nicht weil wir keine Zeit hatten, sondern einfach, weil es nie gepasst hat. Und ich weiß noch nicht mal genau weshalb das so war.

So ging es den ganzen Nachmittag weiter. Wir redeten viel, tauschten uns aus, auch wenn es meist nur Viel belangloses war, aber es war mit einer guten Mischung aus Neugier und Interesse. Das machte das ganze so spannend und Interessant. Abends brachte er mich sogar noch mit Nachhause, was er wirklich nicht hätte machen müssen, aber er tat es und das rechnete ich ihm hoch an.

Zuhause angekommen legte ich mich nur noch in mein Bett, schloss meine Augen und ließ den ganzen Tag nochmal Revü passieren.

Im Leben ist es so, wenn du eine Person wirklich liebst und etwas für sie empfindest, und nicht nur dieses Gefühl jemanden zu lieben, dann kann diese eine Person dein ganzes Leben durcheinander bringen. Sie kann dafür sorgen, dass deine Probleme vielleicht garnicht mehr so groß scheinen, wie du vielleicht dachtest. Wenn du eine Person wirklich gern hast, dann kann sie erreichen, dass es dir gut geht. Was ich sagen möchte ist, dass diese eine Person deinem Leben wieder einen Sinn geben kann. Aber zugleich kann diese eine Person auch das ganze Gegenteil erreichen. Sie kann dich verletzen und plötzlich sind deine Probleme wieder doppelt so groß, wie vorher. Und man kann nichts wirklich dagegen tun, außer seine Gefühle zu zulassen. Wenn es weh tut, aber trotzdem schön ist, dann ist es, es wert. Dann ist es echt. Das ist wichtig, weil es wird von den meisten unterschätzt.

Und für mich bist du diese eine Person. Ob das gut ist oder schlecht, ich weiß es nicht. „Im Leben kann man sich nicht aussuchen, ob man verletzt wird oder nicht, man kann nur entscheiden von wem. Ich bin glücklich mit meiner Entscheidung und ich hoffe, du bist es auch." (Zitat von John Green, das Schicksal ist ein mieser Verräter)

An diesem Tag fühlte es sich so verdammt echt an. Ich hatte so viel Hoffnung, dass aus uns wirklich etwas werden könnte, aber das hier, das ist keine Lovestory, da muss ich euch enttäuschen.

79 Tage zuvor

Am darauf folgenden Samstag hielt ich es dann einfach nicht mehr aus und gestand ihm das, was ich schon bei unseren ersten Treffen gefühlt hatte. Ich schrieb ihm einen Ziemlich langen Text auf Whatsapp und hoffte natürlich, dass ich es mir damit nicht verscherzte und ich es später nicht bereuen würde. Aber man bereut ja meistens immer das, was man nicht getan hat, stimmts?

Hey, Taylor es gibt da etwas was ich dir sagen muss

Ja?

Hab irgendwie voll Angst dir das zu sagen. Wir hatten ja vor zwei tagen bzw. Donnerstag das Gespräch ob du mein Typ wärst, und ich muss ehrlich sagen, dass du total mein typ bist. Immer wenn wir schreiben und generell du in meiner Nähe bist, fühle ich mich immer total wohl. Als wir uns am Donnerstag getroffen hatten, hatte ich irgendwie voll das Kribbeln im Bauch. Ich muss dir das irgendwie sagen, bevor ich

mich in etwas reinsteigere, was garnicht ist. Wie denkst du darüber oder wie siehst du das?

Ich bin wirklich froh darüber, dass du dich soweit wohl fühlst :) das tu ich auch. Ich mag dich ziemlich und denke nicht dass du dich in etwas reinsteigerst was nicht ist :D Ich habe dir ja am Donnerstag schon durch die Blume hindurch gesagt, dass es bei mir ähnlich ist, allerdings habe ich dir auch gesagt, dass ich erstmal auf „Abstand" gehe, weil ich schlechte Erfahrungen gesammelt habe. Ich finde das wir uns gern weiter sehen können und gucken wohin das führt :) aber ich möchte erstmal nichts überstürzen wenn du verstehst.

Einen Tag nach dieser Nachricht trafen wir uns erneut. Allerdings nicht allein. Er stellte mir eine seiner besten Freunde vor. Und noch am selben Abend nannte er mich Babe und schrieb mir, dass er mich lieb hat. Und er wusste wahrscheinlich nicht, was er dadurch anrichtete. Es war vielleicht nicht unbedingt seine Absicht, aber auf einer gewissen Art, war genau das, dass was mich so verletzte und auch unsicher machte. Erst sagte er, er will auf Abstand gehen und dann bin ich aber wiederrum sein Babe. Das ist etwas was ich nicht ganz nachvollziehen kann. Wahrscheinlich gibt es auch Menschen die mich nicht nachvollziehen können, aber jeder empfindet nun mal anders.

Ich war schon immer ein sehr zerbrechliches und Emotionales Mädchen. Hab wegen jeder Kleinigkeit geheult, aber seit diese Depressionen da sind, hat sich das ganze enormst verschlimmert.

Zudem bot er mir an diesem Tag an, mich am Dienstag vom Praktikum abzuholen. Mich freute dieses Angebot natürlich, aber irgendwie fand ich es auch komisch.

Durch diese Art, wie er sich an diesem Abend verhielt, wurde meine Hoffnung nur noch mehr gestärkt. Dadurch habe ich mich nur noch mehr verletzbarer gemacht.

Wiederrum nochmal zwei Tage später war dann der Tag, der Tage gekommen. Er wird wahrscheinlich für immer in meiner Erinnerung bleiben. zumindest hoffe ich das.

Würde man mich fragen, ob es einen Tag gibt, den Ich unbedingt wieder erleben würde, dann wäre dieser Tag, einer davon. Der Tag fing wie ein gewöhnlicher an, nur mit dem Unterschied, dass dieser Tag hier kein gewöhnlicher war. Und das sollte er auch nicht.

Ich stand, wie immer um fünf Uhr morgens auf, machte mich zurecht und machte mich auf dem Weg zum Praktikum. Zu diesen Zeitpunkt, lief das essen wieder ziemlich schlecht, um ehrlich zu sein. Ich habe meist immer erst dann gegessen, wenn ich abends zuhause war, und da sich das meist bis 17/18 Uhr zog, hatte ich dann meistens abends Bärenhunger.

Ich wusste ja, was ich ändern musste, nur das umzusetzen, viel mir noch sehr schwer. Jedenfalls hatte ich an diesem Tag, wie sonst auch immer nichts gegessen. Da ich an einer Schule für Kinder und Jugendliche mit Behinderungen, mein Praktikum machte, bekam ich ziemlich viel mit und durfte auch meine eigenen Ideen mal gern mit einbringen. Generell kam ich sehr gut mit den kindern dort zurecht.

Normalerweise gab es um zwölf Uhr immer Mittagessen für die Kinder, außer mittwochs, da wurde immer selbst gekocht. Meist vegetarisch, aber nicht immer. Am Tag davor wird immer eine kleine Gruppe von kindern zusammen mit ein bis zwei Aufsichtspersonen einkaufen geschickt. Da ich es immer relativ lustig fand ging ich oft mit, so wie auch an diesem Tag.

Zu sechst (Vier Kinder + ein Betreuer und ich) machten wir uns auf dem Weg zu einem Bio-Supermarkt, der ungefähr Zen Minuten Fußmarsch von der Schule entfernt war. Wir holten uns also einen Einkaufswagen, bzw. einer der Kinder holte einen und dann machten wir uns auf in den Supermarkt.

Auf unserer heutigen einkaufsliste standen unter anderem:

- 2x Bananen, um daraus Smoothies zu machen

- Himbeeren tiefgefroren

- Tomaten

- 3x Quark

- 1l Orangensaft

- 2L Milch

- Gurke

- Schnittlauch

- 3x Kiwis

- 2x Avocardos

- 1Kg Kartoffeln

wir packten alles in unseren Einkaufswagen und gingen dann zur Kasse. Es lief alles ganz normal ab. Packten die Lebensmittel aufs Fließband, bezahlten und packten ein, aber dann passierte etwas, womit ich nicht gerechnet hätte. Nachdem wir bezahlt hatten, verließ die Kassiererin die Kasse und ging nach hinten. In diesem Moment entdeckte der Betreuer, mit dem die Kinder und ich einkaufen waren an der hinteren Kasse drei lose Bananen rum liegen. Man könnte meinen, er als erwachsener Mann ist ein gutes Vorbild, aber nein. Das ganze Gegenteil war der Fall. Er ging einfach so hin und steckte sie stur zu unseren Lebensmitteln in die Tasche. Ich war total geschockt und wusste nicht was ich tun sollte. Mein Mund aufmachen oder schweigen? Ich hatte viel zu viel Angst davor, was hätte passieren können. Deswegen schwieg ich und sagte nichts.

Zurück in der Schule gingen die Kinder direkt in die Pause auf den großen Schulhof, während ich mit den Einkaufstaschen und dem Betreuer zurück in die Klasse ging. Dort wartete auch schon eine Lehrkraft und half uns die Taschen auszupacken und die Sachen zu verstauen. Der Betreuer nahm die Bananen aus der Tasche und packte sie auf den Tisch.

Die Lehrerin schaute fragend zum Tisch.

„warum habt ihr denn so viele Bananen gekauft? Wir brauchen doch nur zwei."

„ach die gab es da zu verschenken." sagte er. Und er versuchte es wirklich glaubwürdig rüber zu bringen.

„das ist ja cool!" sie lächelte.

Unglaublich das er damit durch kam. Zumindest bei der Lehrerin. Ich kannte ja die wahre Story. Ich hätte zu gern meinen Mund aufgemacht und erzählt, wie es wirklich gewesen ist, aber dafür war ich zu schüchtern. Und das war eines der Dinge, die ich schon immer an mir gehasst hatte. Meine verdammte Schüchternheit. Und so sehr ich mich auch bemühte es zu ändern, desto schwieriger viel es mir. Mich machte das alles echt sauer und wütend. Nicht nur das er vor den Augen der Kinder klaute, nein das er auch noch eiskalt Lügen verbreitete.

Der restliche Tag beim Praktikum zog sich, wie Kaugummi, war an sich aber ziemlich entspannt. Irgendwie wollte keine Zeit wirklich vergehen. Es war als hätte jemand die Zeit auf Pause gedrückt und vergessen auf weiter zudrücken. Nach einer ganzen Ewigkeit war es endlich 14:40 Uhr und somit hatte ich Feierabend und ich ging gespannt zum Ausgang um zu gucken, ob Taylor da war und auf mich wartete. Und dann wurde meine Hoffnung zerstört. Er war nämlich nicht da. 10 Minuten wartete ich vorm Eingang, bis mich eine Nachricht von ihm erreichte.

Bin da, wo bist du?

Die Frage ist WO bist du?

Bei der Schule

Taylor, kann es sein das du bei der Falschen bist? Die Schule, wo ich Praktikum mache, ist in der Augustus str. 422

Oh Upss haha, da bin ich hier komplett falsch. Bin beim Leopoldplatz, kommst du da hin?

Ja ich beeile mich.

Ganze 10 Minuten später war ich dann auch schon bei der anderen Straße und hielt nach Taylor Ausschau. Erst konnte ich ihn nicht sehen, aber dann sah ich ihn. Zusammen fuhren wir dann zu mir nachhause, weil ich ihm ja wie bei whatsapp besprochen, mein Zimmer zeigen wollte. Er schaute sich mein Zimmer ganz genau an. Jedes einzelne Detail. Die Bilder, die ich zum Großteil alle selbst gemalt und auch bearbeitet und schließlich an meine wand gehangen hatte.

Am Anfang waren wir noch allein und dann kam plötzlich meine ganze Familie nachhause und am Ende waren wir alle zusammen in der Küche und hatten Kaffee getrunken. Oh man, was war das für ein wundervoller und ereignissreicher Tag. Aber er war noch nicht zu Ende, der Tag hatte schließlich noch ein paar Stunden.

Nachdem wir einfach über eine Stunde in der Küche saßen und wir zusammen mit meiner Familie Kaffee getrunken hatten und über ganz viel belangloses geredet hatten, gingen wir noch nach draußen in den Park. Zumindest war das der Plan. Ehe wir in den Park gingen, gingen wir einmal quer durch mein Virtel und machten einen Abstecher in einem Supermarkt, weil er sich noch was zu Trinken holen wollte. An sich lief alles gut und dann als wir draußen waren, geschah etwas, was mich noch mehr verunsicherte. Taylor traf eine Kundin, die ich auch vom sehen kannte. Sie war schon etwas älter und hatte auch eine Gehhilfe. Sie kamen ins Gespräch und redeten über alles mögliche. Bestimmt drei Minuten vergingen und dann kam die alles entscheidene Frage. Die Frage die mich emotional am meisten mitnahm. Und das ist bis heute so geblieben.

„und das ist deine Freundin?" fragte die ältere Dame mit einem Lächeln.

„nein tatsächlich noch nicht."

und in diesem Moment als er das sagte, dieses noch nicht, kam diese enorme Hoffnung zurück. Und zu diesem Zeitpunkt dachte ich echt, dass aus uns etwas werden könnte. Recht bald sogar schon. Aber wie ich es vorhin schon sagte, dass hier ist keine Lovestory. So hoffte ich also, und hoffte, aber vergebens, wie sich noch am Ende her raus stellen wird.

Nachdem wir uns dann von der Frau verabschiedet hatten und sie sogar sagte, dass wir beide echt gut zusammen passen würden, gingen wir weiter zu dem Park. Wir verbrachten einige Zeit dort, redeten über die Themen, die so ziemlich Standart waren, wenn man nicht wusste worüber man reden sollte, aber wir tauschten uns auch viel aus und das fühlte sich einfach nur verdammt gut an. Ich kannte so ein Gefühl bis zu jenem Tag nicht. Ich hoffte nur, dass ich es einmal selbst erleben würde und ehe ich mich versah, erlebte ich es.

Zum Ende unseres treffens bot er wieder an, mich nachhause zu bringen, was ich natürlich nicht ablehnte. Wir gingen den Weg entlang, den er beim letzten treffen ging und dann ganz plötzlich sagte er was, was er nicht hätte sagen dürfen. Und bis heute kann ich nicht verstehen, warum er das tat. Warum er mir so Hoffnung machte. Warum er mich damit so verletzte.

„Eigentlich hatte ich heute vor dir einen Abschiedskuss zugeben, aber meine Nase läuft so dolle und das wäre echt kein schöner Kuss."

Mit diesem Satz machte er mir so viel Hoffnung, das kann sich keiner vorstellen. Es fühlte sich in diesem Moment so schön an. Als wären all meine Probleme nicht mehr da. Nur für diesen einen kleinen Moment.

Ich dachte in diesem Moment echt, dass aus uns etwas werden könnte.

Ich ging lächelnd rechts neben ihm her und wusste nicht, was ich darauf antworten sollte. Ob ich überhaupt etwas darauf antworten sollte. Ich lächelte einfach nur und ich hoffte, dass es als Reaktion ausreichte.

Wir redeten noch den ganzen weg über, über dieses und welches, bis ich schlussendlich wieder allein in meinem Bett lag. So wie es immer war und vielleicht auch immer sein wird,

wer weiß.

Auch wenn der Tag, wie immer endete, so war es dieses Mal doch ein anderes Gefühl. Ein besseres auf jeden Fall. Ein schöneres.

73 Tage zuvor

Seit Taylor den Dienstag bei mir Zuhause gewesen war, sind einige Tage vergangen. Und um ehrlich zu sein hat sich nichts geändert. Also klar sind wir schon einen Schritt weiter, aber an der Situation an sich hatte sich nichts geändert. Und ich weiß auch garnicht ob er überhaupt etwas von mir wollte. Diese Ungewissheit machte mich verrückt. Wahrscheinlich übertreibe ich auch einfach nur, aber ich empfinde so und das kann ich nicht ändern.

Ich möchte diese Gelegenheit nutzen und euch noch ein bisschen was von mir erzählen. Um genau zu sein, möchte ich euch erzählen, warum es beziehungsmäßig bisher nie funktioniert hat. Das ist vielleicht eine ganz interessante Story, die man unbedingt über mich wissen muss. Oke, eigentlich eher nicht, aber das ist nicht wichtig.

Also um ehrlich zu sein, gibt es keinen richtigen Grund, warum ich noch nie eine Beziehung hatte. Es lag noch nicht einmal so stark an mir. Es ist nicht, weil ich nie Interesse hatte oder sowas, nein das war schon da, aber um es mit anderen, besseren Worten zu sagen, Ich habe immer zu viel geliebt.

Keiner hat sich je richtig für mich interessiert, geschweige denn mich geliebt. Und bis heute ist es so geblieben. Wenn ich jetzt so drüber nachdenke, über all das was geschehen ist, in den letzten Monaten. Wenn ich einfach nur zurückblicke, dann kann ich sagen, dass ich noch nie jemanden so sehr geliebt hatte, wie Taylor. Natürlich war ich vor ihm schon öfters verliebt gewesen, aber ich habe noch nie das gefühlt, das ich fühlte wenn ich in seiner Nähe war. Es war ein schönes Gefühl und auf der anderen Seite auch ein sehr schlechtes. Aber daran erkennst du, ob es echt ist. Wenn es weh tut, aber trotzdem schön ist, dann ist es echt. Dann ist es, es wert. Das ist wichtig. Dann macht man seine Sache richtig und das ist das, was im Leben wirklich zählt.

Mein Klassenlehrer sagte mal zu mir. „Es zählt nicht, wie gut deine Noten sind, wie deine schulische Laufbahn ist, wie viel Geld du hast oder wo deine Eltern arbeiten. Das was im Leben wirklich zählt, ist die Bindung zu Menschen. Zu deinen freunden und deiner Familie." i felt that.

In meinem Leben ist bisher einiges schief gelaufen, aber wenn mich wer fragen würde, ob ich irgendeins der Dinge ungeschehen machen würde, würde ich mit nein antworten, weil ich nicht weiß, ob ich sonst heute hier wäre und wie mein Leben aussehen würde. Und wenn du im Leben vergeblich nach einen Sinn suchst, dann muss ich dich enttäuschen, denn du wirst ihn nie finden. Es gibt keinen Sinn im leben. Du weißt, dass du stirbst und bis dahin musst du versuchen irgendetwas aus deinem Leben zu machen. Die Zeit gut zu investieren. Dein Leben zu genießen. Oder du bringst dich um und setzt deinem Leben selbst ein Ende. Du entscheidest. Aber sobald du dich umbringst, bringst du nicht nur dich um, sondern auch andere. Du kannst nicht einfach so in das Leben von jemanden tretten, es komplett durcheinander bringen und dich dann umbringen. Es funktioniert einfach nicht. Du darfst das nicht und auch wenn du es noch so dolle willst, du darfst nicht.

Allein der Gedanke daran nicht mehr hier zu sein, lässt mein Herz höher schlagen. Die Vorstellung meine trauernden Freunde und Familie zu sehen lassen mich nur wenig kalt, aber gleichzeitig bestärken mich diese Gedanken auch. Und auf der anderen Seite zerreißt es mich in tausend Stücke.

Es ist als würde mich die große schwarze Qualle von innen auffressen. Es macht mich irgendwie wütend oder so. Manchmal liege ich nachts hell wach in meinem Bett und frage mich, ob ich meinen 18. Geburtstag überhaupt noch erleben werde. Ich weiß dieser Gedanke ist ziemlich krank und absurd, aber ich finde diese Vorstellung tot zu sein, nicht mehr am Leben zu sein, abgesehen davon, dass ich eh schon halb tot bin und kaum noch am realen Leben teilnehme, irgendwie toll. Ach ich weiß auch nicht. Jetzt bin ich ziemlich vom Thema abgekommen.

Das was ich eigentlich sagen wollte, war das liebe einen manchmal ganz schön manipulieren kann. Und es kann einen auch zerreißen, wenn man nicht gut genug auf sich aufpasst. Deswegen gibt immer acht und vertraut nie zu schnell und zu viel. Verschenkt niemals euer Herz. Tut es nur dann, wenn ihr auch eins zurück bekommt. Sonst stirbt ihr, glaubt mir.

Am selben Tag noch entschied ich mich dazu, dass ich eine Auszeit brauchte. Ich musste weg von hier. Nicht lang, nur für ein paar Tage.

Schließlich Buchte ich eine Fahrt nach Selenka für ein Wochenende, die schon 1 ½ Wochen später stattfand. Über Instagram hab ich damals internetfreunde kennenglernt, die dort lebten und somit wusste ich auch schon, wo ich übernachten konnte. In dieser einen bzw. diesen zwei Wochen geschah sehr viel, aber das erfahrt ihr dann.

68 Tage zuvor

Heute hatte ich meinen letzten Tag beim Praktikum und somit hieß es für mich ab dem nächsten Tag Tagesklinik. Meine Familie hielt es für besser so und wenn ich ganz ehrlich war, war es für mich in meiner momentanen Situation wirklich das beste geswesen. Unglaublich, wie schnell die Zeit doch vergangen war. Viel Zeit hatte ich in dieser Schule mit den kindern verbracht und auf der einen Seite war ich froh, dass es vorbei war, aber auf der anderen Seite, war ich irgendwie auch traurig. Der Tag verflog, wie nichts und am Abend dann fand noch eine kleine Party in der Schule satt. Klar an sich war es jetzt keine spezielle Abschiedsfete für mich, aber ich nannte sie so. immerhin war es ja fast irgendwie sowas, wie ein Abschied. Nur halt das keine Lehrkraft oder ein Schüler ging, sondern nur ich. Die Praktikantin.

Nachdem ich von der Feier nachhause kam, telefonierte ich noch mit Taylor. Wir hatten in den vergangenen Wochen ziemlich oft telefoniert. Einfach so. Manchmal sogar täglich. Und manchmal auch bis zu 40 Minuten und das machte mich irgendwie total glücklich. Und heute Abend war es mal wieder soweit. Wir redeten viel belangloses, ohne einen wirklichen Zusammenhang und kamen nach 10 Minuten schon zum Ende.

„hab dich lieb" sagte ich, weil ich es ihm unbedingt mitteilen wollte. Und tief im inneren hoffte ich, dass er es auch sagte.

Darauf folgte stille und darauf ein leises und eher bedrücktes „süß."

Hätte ich gewusst, was das auslösen würde, hätte ich das nie gesagt. Da bin ich mir sicher.

64 Tage zuvor

Nach diesem Telefonart, war es das letzte Mal das ich von ihm gehört hatte. Zumindest erstmal. Er hatte sich entfernt, war auf Abstand gegangen, weil ich ihn anscheinend unter Druck gesetzt hatte. Und glaubt mir, das war das letzte was ich wollte. Ich dachte vielleicht würde es ihnen freuen, aber ich erzielte das Gegenteil damit. Und das wollte ich echt nicht. So sieht man mal was ein einfaches „hab dich lieb" so anstellen kann. Es kann dich zerreißen, dich zerstören, dich besser fühlen lassen, dich kaputt machen. Dich töten.

Es kann alles mit dir machen, sobald du es auch nur zulässt und aufnimmst. Es an dich ranlässt. Und plötzlich kennen Menschen die Stelle, an der du am verletzbarsten bist. Und sie nutzen das aus. Ich sage nicht, dass alle Menschen so sein müssen. So böse, kalt herzig und gefühlslos, aber die meisten Menschen die bisher in meinem Leben waren, waren so. So voller Hass und ich kann es bis heute nicht verstehen warum.

Liebe und generell Gefühle, ob nun positiv oder auch negativ, können dein ganzes Leben aufwirbeln, und plötzlich bist du nicht mehr du, sondern deine Gefühle und Gedanken lenken deinen Körper. Du bist plötzlich wie ein Wack. Ein Wack auf den tiefsten des Ozeans.

62 Tage zuvor

Es gibt Momente im Leben, an die wird man sich das ganze Leben erinnern. Ob sie nun gut waren oder schlecht, wie zum Beispiel der Tag, an dem ich in der Schule wegen eines Salzstreuers angefangen habe zu heulen, als Taylor das erste Mal bei mir zuhause war, als wir im Garten eine Party geschmissen haben, als ich nachts draußen mit meinem Fahrrad in einen Besoffenen reingefahren bin, als ich gelebt habe. Oder auch der Tag, an dem ich ohne dass auch nur irgendwer davon wusste Nach Selenka gefahren war. Dieser Tag, war dieser hier.

Nachdem die Tagesklinik endete, packte ich die wichtigsten Sachen zusammen und fuhr mit einem Bus eines reiseunternehmens nach Selenka. Die Fahrt war sehr ruhig und nur wenig anstrengend. In Selenka wartete nicht nur meine Freundin, die mich am Bahnhof abholte auf mich, sondern auch eindutzend verpasste anrufe meiner Familie. Kein Wunder, sie wussten schließlich nichts von meinem kleinen Kurztrip. Weder noch wo ich war, wie lang, mit wem ich unterwegs war und ob es mir gut ging. Keiner wusste wo ich war und das war das einzige was zählte.

Schon immer war es so, dass ich lange Busfahrten mit am meisten liebte. Einfach aus dem Fenster starren, die Natur anschauen und dabei Musik hören. Gegebenfalls auch lächeln oder weinen oder auch einfach nur nachdenken, jenachdem wie die Stimmung grad so war und was die Musik so hergab.

Nach einer knapp Drei stündigen Busfahrt kam ich in Selenka an und suchte meine Freundin, die am Hauptbahnhof schon auf mich wartete. Kira stand vor, ihrer Meinung nach dem besten Döner laden in ganz Selenka und war mit ihrer knall orange-farbenen Jacke nicht zu übersehen. Ich schnappte mir meinen Rucksack, der für das Wochenende genügen sollte und machte mich auf den Weg zu ihr. Wir hatten uns das letzte Mal im Januar gesehen, als sie über Silvester bei mir gewesen war und ich war das letzte Mal in den Sommerferien vergangenen jahres bei ihr in Selenka. Und um ganz ehrlich zu sein konnte ich da die zeit garnicht genießen. Zu dem Zeitpunkt als ich dort war, war die Essstörung noch ziemlich stark in mir drin. Die Gedanken haben sich nur ums Essen gedreht und ich konnte an kaum etwas anderes denken. Es war sogar so schlimm, dass ich damals nichts gegessen hatte. Ich kam dann abends aus Selenka zurück nachhause, habe mich auf die Waage gestellt und musste feststellen, dass ich fast wieder bei meinem Tiefstgewicht war und das sah alles andere als schön aus. Es zerriß mich innerlich weshalb ich dann abends im Bett saß und heulend Schokolade in mich rein gezwungen hatte. Ich hatte mich in diesem Moment so gehasst. Einfach weil ich nichts auf die Reihe bekommen hatte. Noch nicht einmal essen konnte ich. Wenn ich mich jetzt so zurück erinnere, weiß ich nicht warum ich das ganze getan hab. Es macht mich traurig, dass mir mein Körper zu diesem Zeitpunkt so egal war.

Natürlich habe ich auch jetzt noch Phasen, an dem ich mich nicht so gern mag aber im groben und ganzen mag ich mich. meistens jedenfalls.

Nachdem ich Kira begrüßt hatte, machten wir uns auf dem Weg zur U-Bahn. Wir fuhren nicht länger als eine halbe Stunde und machten uns dann einen gemütlichen Abend mit Pizza und einem Horrorfim.

61 Tage zuvor

Am Samstagnachmittag trafen wir uns noch mit zwei anderen freunden und machten uns erst einen schönen entspannten Tag in der Stadt bei Starbucks und später machten wir noch halt auf einem Jahrmarkt.

Immer und immer wieder checkte ich mein Handy, in der Hoffnung, das Taylor mir geschrieben hatte, aber es kam nichts. Auch zwei Stunden später war keine Nachricht von ihm da. Und das machte mich irgendwie traurig, weil ich nicht wusste, was ich falsch gemacht hatte. Ob er mich überhaupt mochte. Ich versuchte es mir nicht anmerken zu lassen, aber ich glaubte, dass gelang mir nicht so gut. Ich konnte noch nie so tun, als wäre nichts gewesen, geschweige denn etwas überspielen. Fraglich halt nur, wie ich solang meine Depression überspielen konnte. Meine Familie erfuhr erst nach einem halben Jahr davon und da war es schon soweit ausgebrochen, dass mir nur noch die Professionelle Hilfe eines arztes helfen konnte. Nachdem sie es erfahren hatten, ab diesen Tag an konnte ich es nie wieder verstecken, wenn es mir schlecht ging. Egal wo ich hin ging. In der Stadt, zuhause, in der Schule. Überall brach ich sofort in Tränen aus und wenn ich ganz ehrlich bin, kenne ich bis heute den Grund dafür nicht. Und eigentlich möchte ich ihn auch garnicht kennen.

Als wir uns zurück auf den Heimweg machten, machten wir noch kurz halt an einem Supermarkt und kauften uns ein bisschen was zum Snacken. Vielleicht übertrieben wir es auch ein wenig, aber das war bei uns ja eigentlich schon normalität.

Ich schlich durch ihren Flur auf den Weg in ihr Zimmer, kramte mir eine dunkel blaue Jogginghose, einen Pulli und nicht zu vergessen fette Flauschsocken aus meinem Rucksack her raus, zog mich um und machte es mir dann mit einer riesigen kuscheldecke und etwas zu essen auf der Couch gemütlich. Wir schauten uns ein paar Horrorfilme an, bis wir schlussendlich bei Barbie live in the dreamhouse hängengeblieben waren. Oh man wie tief waren wir bitte an diesem Abend gesunken. Immer wieder zwischendurch schaute ich auf mein Handy, aber nichts kam und das machte mich verrückt. Es machte mich enormst verrückt. Kira merkte dass irgendetwas war und sprach mich natürlich drauf an.

„was ist los mit dir? Was bedrückt dich?" sie schaute ernst zu mir her rüber.

„ach ich weiß auch nicht." ich setzte mich auf und vergrub meinen Kopf in meinen Armen.

„na los raus mit der Sprache. Irgendetwas ist doch." sie schaute neugierig.

„na gut also ich habe dir ja von Taylor erzählt, du kennst ja bereits die ganze Story und wie kompliziert das alles ist und so weiter-" sie unterbrach mich.

„ja die Story kenne ich, aber was genau bedrückt dich grad? Hat er gesagt das er nichts von dir will oder hat er sogar eine Freundin?"

„nein nichts von allen beiden. Wir haben momentan Funkstille und-"

sie unterbrach mich. Mal wieder. „wieso denn das? Ich dachte ihr habt euch so gut verstanden und seid schon fast zusammen."

„genau das ist das Problem. ich weiß ja auch nicht weshalb wir Funkstille haben. Oder um ehrlich zu sein, weiß ich es doch. Ich habe etwas gesagt, was ich nicht hätte sagen dürfen."

„und was hast du gesagt?"

„das ich ihn lieb hab." das sagte ich ganz leise und brach kurz danach in Tränen aus. Ich war ein halber Wasserfall, der nicht wirklich zum stoppen gebracht werden konnte. So sehr weinte ich. Kira rutschte zu mir rüber und versuchte mich zu trösten, aber das gelang ihr an diesem Abend eher weniger.

60 Tage zuvor

Am nächsten Morgen ging es mir schon wieder besser und ich konnte somit wenigstens den letzten Tag meines aufenthaltes in Selenka genießen, auch wenn wir nur den ganzen Sonntag zuhause verbrachten und ich nicht wirklich etwas produktives tat. Trotzallem war es ein sehr schönes Wochenende. Gegen spät Nachmittag erreichte mich dann, nach einer Tagelangen Funkstille eine Nachricht von Taylor.

Was Geht?

Seine Standart Nachricht halt, und ich hatte es mir schon so weit abgeguckt, dass ich es mittlerweile auch immer schrieb. Komisch irgendwie, wie schnell man sich etwas von anderen abschaut und es anfangs garnicht so richtig merkt.

Ich bin in Selenka und chill da bei einer Freundin und bei dir so?

Ich muss arbeiten

aber heut ist doch Sonntag?

Ja wir haben doch heute Verkaufsoffenensonntag lol :D

achso ups

und da endete das Gespräch auch schon wieder. Den Rest vom Sonntag quälte ich Youtube-Videos in mich hinein, ehe gegen Abend dann mein Bus zurück nachhause abfuhr.

Die Fahrt an sich war total schön und entspannend. Ich liebe es einfach lange Strecken zufahren und dabei einfach nur Musik zuhören. Gegen späten Abend kam ich in meiner Heimatstadt an und ging vom Bahnhof zu Fuß nachhause. In der Wohnung angekommen gesellte ich mich für einen Moment zu meiner Familie und ich konnte spüren, wie froh sie waren, das ich wieder heile zurück gekommen war. Auch wenn sie nicht wussten, wo ich war und ob ich allein unterwegs war. Meine

Mum dachte ich wäre mit Taylor unterwegs gewesen und allein diese Vorstellung einfach mit ihm wegzufahren, ohne dass irgendwer davon etwas wusste, war wunderschön. Und das wiederrum machte mich traurig. Weil das wünsche sind. Wünsche die wahrscheinlich nie in Erfüllung gehen werden.

58 Tage zuvor

Zwei Tage nachdem ich aus Selenka wieder gekommen war, stand für mich die Tagesklinik auf dem Programm, auch wenn ich eigentlich Ferien hatte. An sich war es aber auch nicht schlimm. Ich war gerne dort und bereute diese Entscheidung keines wegs. Wir machten ein Ferienprogramm, was bedeutete, dass wir relativ viele Freiheiten hatten und keinem strengen Plan folgten. An sich also alles ziemlich locker. Eigentlich sind Handys in der Klink nicht gestattet, nur zu bestimmten Zeiten, aber da sich eh keiner daran hielt, holte ich mein Handy auch zwischendurch mal raus. Natürlich aber so, dass es keiner mitbekam. Ich wollte ja schließlich nicht, dass es einkasiert wird. Ich hoffte natürlich jedesmal aufs neue, wenn ich mein Handy in die Hand nahm, das eine Nachricht von Taylor drauf war und zur Überraschung war es dann auch mal so.

Hast du morgen Zeit? Wollen wir vielleicht was Essen gehen?

Aber nur wenn du mich dann von der Klinik abholst ;)

kann ich machen, allerdings bräuchte ich dann die Adresse

An der Kaisse 8

Darauf folgte keine Antwort mehr, aber ich freute mich auf den nächsten Tag, es sei denn, es kommt nicht wieder eine Absage oder irgendetwas anderes dazwischen.

Ich ließ mein Handy in meiner Jackentasche verschwinden und lehnte mich zurück auf den Stuhl, auf dem ich saß, bevor ich eine halben Stunde später ein Gespräch bei meiner Therapeutin hatte.

Die einzigen Gedanken die in meinem Kopf rumschwirrten waren, warum er das ganze macht. In einen Moment ist er voll liebevoll und im anderem wiederrum total kalt. An mir geht das Ganze nicht einfach so vorbei. Um ehrlich zu sein macht es mich total fertig, einfach weil ich nicht weiß, was eigentlich Sache ist. Und ich wünsche mir nichts mehr, als das er einfach einmal offen sagt, wie er über die ganze Situation denkt. Im Grunde können wir nur nicht zusammen sein, weil da noch diese Sache mit seiner ex ist, die immer noch nicht geklärt ist, und ich keine Ahnung habe, wie lange sich das noch so ziehen soll. Und selbst wenn die Sache irgendwann mal geklärt werden sollte, wird er sich dann immer noch so verhalten. Einen Tag so und den anderen wiederrum so komisch? Vielleicht bin ich auch einfach diejenige, die überreagiert.

Ich zeichnete ein bisschen in meinem Notizheft, was vor mir lag, ehe ich eine paar Minuten später ein Stockwerk höher zu meiner Therapeutin ging. Es war ein gutes Gefühl dort hinzugehen, einfach weil ich wusste, dass ich ihr alles erzählen konnte und darüber war ich sehr froh. Ich klopfte an und betrat dann das Senf-Gelb gestrichene Zimmer. Ich mochte diesen Raum. Nicht nur deshalb, weil gelb meine Lieblingsfarbe war, sondern auch weil dieser Raum etwas positives ausstrahlte. Etwas schönes. Wertvolles.

Ich setzte mich meiner Therapeutin gegenüber und fing an mit ihr ein Gespräch auf zubauen.

„gibt es etwas was dich grad in diesem Moment bedrückt?" fragte sie mich.

„es gibt da einiges. wissen sie, an meinem ersten Tag hier hat jemand während ich ein Bild gemalt habe zu mir gesagt, „du siehst aus, wie jemand der Depression hat." und ich frage mich ob man mir das echt ansieht und woran? Ich trage weder komplett schwarz noch sitze ich heulend in der Ecke. Woran erkennt man am äußerlichen, dass jemand Depression hat?"

„oh Skyler das ist eine ziemlich komplexe Frage. Weißt du Menschen denen es so geht, wie dir, die spüren das, wenn es wem anderes ähnlich geht. Und es ist wirklich so. du kannst das fühlen. Aber nur dann wenn du dieses Gefühl, diesen schmerz kennst. Wenn du ganz genau weißt, wie es sich anfühlt."

„wissen sie, manchmal frage ich mich warum das alles so kompliziert ist und warum es nicht einfach sein kann. Warum es diesen Hass auf dieser Welt gibt. Warum man Leuten das Herz bricht."

„wurde dir das Herz gebrochen?"

„mehrfach sogar, aber um ehrlich zu sein, kann man ein Herz nicht brechen, das schon gebrochen wurde. Man kann es nur zusammenfügen und es dann erneut brechen" mir lief eine Träne das Gesicht entlang. Ich wischte sie mir weg, ehe ich weiter sprach.

„mein Problem ist, das ich zu schnell liebe. Und meist nicht nur zu schnell, sondern auch zu stark. Wissen sie, ich habe das Problem, das ich immer Menschen mehr liebe, als wie sie mich lieben. Ich brauche manche Menschen mehr, als wie sie mich brauchen. So war es irgendwie schon immer. "

„weißt du Skyler, das Leben ist nicht immer einfach, weil es sonst zu langweilig wäre. Und vielleicht ist dein Leben garnicht so schlecht, wie du im ersten Moment vielleicht denkst. Es könnte immer noch schlimmer sein, weißt du."

„finden sie nicht, dass mein Leben schlimm genug ist?"

„nein Skyler, um ehrlich zu sein finde ich das nicht. Ganz im Gegenteil. Du hast ein tolles Leben, du musst es nur noch erkennen."

„vielleicht"

„die Zeit heilt keinesfalls Wunden Skyler. Wir lernen nur mit der Zeit damit umzugehen."

„was wollen sie mir damit sagen?"

„Das , dass alles wieder werden kann. verstehst du. Du kannst selbst bestimmen in welche Richtung es gehen soll. Skyler du hast eine tolle Persönlichkeit, du kannst damit so viel anstellen. Nimm dein Leben wieder selbst in die Hand. Lass nicht zu, dass dich irgendwer so runterzieht, dass du dein Leben beenden möchtest. Das ist es nicht wert. Gestalte dein Leben so, wie du es haben möchtest. Du musst es leben und da zählt nur, ob du dieses leben gerne lebst. Lass dir das durch den Kopf gehen."

Nach meinem sehr gelungen und tiefgründigen Therapeuten-Gespräch wartete ich noch die restliche Zeit in der Tagesklinik ab bzw. versuchte mich eher mit etwas sinnvollen zu beschäftigen und fuhr im Anschluss dann nachhause um mich ein Weilchen hin zulegen. Allerdings anstatt dass ich wieder wach wurde, schlief ich direkt bis zum nächsten Tag durch.

57 Tage zuvor

Am nächsten Morgen wachte ich auf und war total erstaunt darüber, dass ich einfach komplett durchgeschlafen hatte. Das war bisher nur einmal vorgekommen, und das war als ich sechs Jahre alt war und an Silvester die Nacht durchgemacht hatte. Nach dieser Feststellung, stand ich auf und machte mich für den Tag fertig.

An diesem Tag stand das Essen mit Taylor an und um ganz ehrlich zu sein, war ich ziemlich nervös deswegen und hatte auch ein bisschen Angst. Ich wusste nicht genau weshalb das so war und konnte es irgendwie auch nicht ändern.

Der Tag in der Klinik zog sich, wie Kaugummi und ging irgendwie nicht wirklich voran. Ich checkte fast alle fünf Minuten mein Handy um nachzusehen, ob er mir nicht doch noch absagte. Er tat es nicht und das machte mich unglaublich froh.

Gegen 15 Uhr gingen alle Patienten, inklusive mir in unseren Gruppenraum, zur sogenannten Abschlussrunde. Dort besprachen wir immer kurz, wie der Tag jedes einzelnen war und was wir so unternommen hatten. Um viertel nach hatten wir dann Schluss, aber Taylor war noch nicht dort.

Zusammen mit einem Mädchen, dass ich in der Klinik kennengelernt hatte, wartete ich auf Taylor. Ich hatte das Gefühl, die Minuten wollten überhaupt nicht vergehen. Und dann gegen halb vier, betrat er endlich das Gebäude.

„hey Taylor, wie geht es dir?

„gut gut und dir?"

„joa mir auch ganz gut. Ich muss nur noch schnell meine Tasche holen, dann können wir los."

ich ging schnell in den Vorraum, wo all unsere Sachen immer lagen, zog meine Jacke an, da es an diesem Tag ziemlich kalt draußen war und ging dann mit Taylor nach draußen.

„wo wollen wir hin?"

„ähm gute Frage, wo möchtest du gern hin?"

„magst du Sushi?"

„hab ich tatsächlich noch nie in meinem Leben gegessen." Gestand ich ihm.

„dann wirst du es jetzt wohl probieren müssen."

wir gingen weiter durch die Stadt und landeten schließlich beim Sushi House. Ein schlichtes, aber dafür sehr schönes Restaurant.

Wir suchten uns einen Platz und gaben dann unsere Bestellung auf. Wir bestellten Maki mit Avocardo, Gurke und Paprika, die wir uns schließlich teilten.

Um ehrlich zu sein viel mir das super schwer. Ich wusste auch garnicht warum es so schlimm auf einmal war, weil sonst viel mir essen nicht so schwer.

Zumindest nicht mehr. Es war einfach die Situation an sich. Das alles irgendwie. Ich war so angespannt und dann war ganz plötzlich die Depression wieder größer als ich.

Ich konnte Taylor nur wenig in die Augen sehen und starrte die meiste Zeit zu Boden. Ich kam mir so blöd vor, aber ich konnte es auch nicht ändern und das tat mir total leid.

„also ähm wollen wir reden?"

ich schaute kurz zu ihm auf. „worüber möchtest du denn reden?"

„über das was passiert ist. Ich wollte mich entschuldigen. Ich hab mich plötzlich nur so unter Druck gesetzt gefühlt."

„glaub mir, dass war das letzte was ich wollte. Ich wollte nicht dass du dich bedrängt fühlst. Ich dachte nur, du würdest dich darüber freuen. An sich war es ja auch nichts schlimmes, was ich gesagt habe."

„ich weiß, dass du es nicht böse meintest .Es ist nur, du weißt ja was damals geschehen ist und es ist ja immer noch nicht zu ende. Der Gerichtstermin steht ja noch bevor und um ehrlich zu sein hab ich Angst, das sich alles wiederholt."

„ja ich kenne die Situation, aber du brauchst dir keine Sorgen machen. Es wird sich nicht widerholen. Ich bin nicht so."

„ich weiß, dass du nicht so bist, nur die Angst geht nicht so schnell weg."

„ich weiß" ich senkte wieder den Kopf und das essen viel mir noch schwerer. Ich aß glaube ich zwei Sushi rollen, ehe er bezahlte und wir uns auf dem Weg nach draußen machten. Wir gingen noch so etwas durch die Stadt, bis wir halt in einem Buch laden machten. Wir schauten uns unzählige Bücher an und blieben schließlich in der Jugendbuchabteilung hängen. Meiner Lieblingsabteilung.

„ich will mir am Wochenende wieder neue Bücher bestellen." Erzählte ich ihm ganz nebenbei.

„weißt du schon was für welche?"

„noch nicht genau, aber dieses hier auf jeden Fall." ich zog ein Buch aus dem Regal und hielt es ihm vor die Nase. „soll ein sehr gutes Buch sein, außerdem ist es von John Green und dieses besitze ich noch nicht." ich lächelte ihn an.

Er nahm mir das Buch aus der Hand und maschirte damit Richtung Kasse.

„Taylor was hast du vor?" ich rannte ihm hinter her.

„na dir das Buch kaufen, wonach siehts denn aus" sagte er und lächelte aus weiter Entfernung.

„du musst mir das aber nicht kaufen."

„mach ich aber"

wir gingen zusammen die Treppen runter und an die Kasse. Er bezahlte mein Buch und auch das was er sich ausgesucht hatte, verstaute sie in einer Tüte und hielt mir dann die Tür zum Ausgang auf. Wir schlenderten durch die Tür hinaus und er überreichte mir mit einem breiten Grinsen mein neu erworbenes Buch.

„das ist lieb, Dankeschön."

„dafür nicht."

„doch wirklich dankeschön. Du hättest mir das nicht kaufen müssen."

„ich wollte es aber"

in diesem Moment tat es richtig gut mit ihm draußen lang zu laufen, aber gleichzeitig tat es irgendwie auch richtig weh. Einfach weil ich nicht wusste, wie es mit uns weiter gehen sollte und ob es überhaupt mal ein uns geben würde.

Wir gingen zusammen zur Bahnhaltestelle und fuhren dann ein paar Stationen mit der Bahn. In der Nähe eines Parks, stiegen wir aus und gingen einen kleinen Weg, der uns an Wohnhäusern und auch einer Kirche entlang führte.

„meinst du, dass das alles einmal ein Ende hat?" sagte ich mit wieder gesängten kopf.

„wovon sprichst du?"

„der Schmerz. Glaubst du, er hört irgendwann mal auf?"

„er hört nicht einfach so auf, aber wir können jederzeit aufhören uns dem Schmerz hinzugeben. Weißt du noch was ich zu dir gesagt habe, als wir zusammen bei Starbucks waren?"

„das ich niemals jemanden die Kontrolle über mein Leben geben soll"

„genau. Gib niemanden die Kraft dazu Skyler. Das führt zu nichts. Es bringt dich im Leben nicht weiter."

„ich weiß Taylor, aber ich schaffe es nicht, es umzusetzen."

„sobald du aufhörst mit dem Gedanken zu spielen, dein Leben zu beenden, wird sich alles verändern.

Glaub mir, es wird einfacher. Das wird schon, wir schaffen das."

Er brachte mich noch ein Stück mit nachhause, ehe sich unsere Wege an einer Kreuzung trennten.

Dieser Tag war ein verrückter Tag. An sich ging es mir gut, aber irgendwie auch nicht. Ich war hin und her gerißen, Einfach, weil ich wusste, das sich dieser Tag nie wiederholen würd. Kein Moment wird sich je wiederholen und damit kam ich nicht wirklich zurecht. Früher hatte ich damit nie Probleme, aber seit das mit der Depression so schlimm ist schon.

Und noch weniger zurecht kam ich damit, dass er sagte WIR schaffen das schon. Er sagte Wir, obwohl wir kein wir waren und jeder irgendwie immer auf sich allein gestellt war. Und ich wünschte mir, es wäre nicht so. ich wünschte so sehr, wir wären ein Wir.

55 Tage zuvor

Die vergangenen zwei Tage, waren nicht grad meine besten Tage um ehrlich zu sein. Ich würde gern etwas anderes sagen, aber ich kann es nicht. Und das macht mich irgendwie traurig. Vergangenen Abend hatte ich einen ziemlich starken Rückfall, weswegen ich auch nicht wirklich viel geschafft habe und das meiste, was ich eigentlich tun wollte liegen geblieben war. Der heutige Tag allerdings sollte anders sein. Schöner sein.
 Ich genoss den Tag in der Tagesklinik und versuchte das Beste draus zu machen. Amüsirte mich und drehte nachmittags drei Youtube Videos. Aber das Beste des Tages kam erst noch.
Mein Handy leuchtete auf und eine Nachricht von Taylor war zu erkennen. Ich öffnete Whatsapp und lass die Nachricht auf meinem Handy.

Hast du Samstag Zeit?

Ein Lächeln bildete sich auf meinem Gesicht, als ich die Nachricht lass. Und wieder war sie da. Diese Hoffnung. Ich schrieb ihm zurück, dass ich Samstag Zeit hätte und es mich sehr freuen würde, ihn zu sehen. Damit war erstmal alles wieder gut und ich ging an diesem Tag nicht weinend in mein Bett.

53 Tage zuvor

Endlich kein Wecker der einen aus seinem Schlaf riss. Ich stand ganz ruhig auf und machte mich dann für den Tag fertig. Außer einem Stadtbesuch mit meinem Vater, dem Osterfeuerbesuch mit der restlichen Familie und einem Treffen mit Taylor, von der ich keine Ahnung hatte um wie viel Uhr und wo und ob es überhaupt noch standfand.

Ich ging in die Küche und machte mir dort etwas zu essen, bevor ich mich weiter fertig machte. Danach zog ich mir eine schwarze Skinny Jeans, ein weißes T-shirt und darüber eine beige strickjacke an. Dazu kombinierte ich meine weißen Reeboks. Also eigentlich, wie immer. Ein ziemlich einfaches, aber dafür ein sehr bequemes und gemütliches Outfit. Nachdem ich mich fertig geschminkt hatte, schaute ich einen Moment Youtube Videos und wartete dann darauf, dass es 14 Uhr war und mein Dad von der Arbeit nachhause kam und mich abholte. Ich weiß nicht ob ich das erwähnt hatte, wahrscheinlich eher nicht, aber meine Eltern sind ziemlich viel mit der

Arbeit beschäftigt und deswegen kaum zuhause. Deswegen schätze ich es sehr, wenn sie dann mal Zeit für meinen älteren Bruder und mich haben. seit ich klein war, war das schon so. Mir macht es aber eigentlich um ehrlich zu sein nichts aus, ich kenne es ja auch nicht anders. Als mein Dad dann von der Arbeit kam und mich eingesammelt hatte, parkten wir erstmal das Auto und gingen dann zu einem kleinen stand, wo es meiner Meinung nach die besten Pommes gab. Ich aß eine große Portion davon und danach schlenderten wir ein wenig durch die Stadt und landeten schlussendlich in einem buchladen. Wo auch sonst. Dort entschied ich mich für Drei Bücher, die mein Dad mir kaufte.

Später als wir wieder zuhause war räumte ich noch schnell mein Zimmer auf und checkte zwischendurch immer und immer wieder mein Handy, ob Taylor mir geschrieben hatte. Nur irgendwie kam so gar keine Reaktion. Das änderte sich erst gegen Spätnachmittag.

Hey, ich bin grad von der Schicht nachhause und würde jetzt gern erstmal was essen. Ich würde dir dann schreiben, sobald ich kann. Natürlich nur falls du noch kannst.

Ja klar mach in Ruhe. Sag dann einfach Bescheid.

Ich schickte die Nachricht ab und legte mein Handy dann an die Seite. Eine Stunde später gingen meine Familie, bzw. Meine Mum, mein Bruder Robin und ich dann auch schon zusammen zum Osterfeuer, was von unserem zuhause nur Fünf Minuten entfernt war. An sich freute ich mich auch dort hinzugehen, nur meine Stimmung sank immer weiter in den Keller, weil ich mich echt gern mit Taylor treffen wollte, er sich nur einfach nicht meldete. Ich checkte alle fünf Minuten, und das ist nicht übertrieben, mein Handy um nach zusehen, ob er sich gemeldet hatte, aber immer wieder wurde ich enttäuscht und dann plötzlich kam eine Nachricht.

Wäre jetzt soweit fertig. Kannst du um 21:40 Uhr im Park?

Ja geht klar

ich erzählte meiner Mum davon und um ehrlich zu sein, war sie nicht grad begeistert von dieser Idee. Ich musste ihr tausend Mal versprechen, dass ich auf mich aufpasste, ehe sie mich gehen ließ und selbst dann, tat sie das nicht so gern.
Ich machte mich auf den Weg zum Park, der nicht weit von mir entfernt lag und hoffte, dass jetzt nicht noch

irgendetwas dazwischen kam und meine Laune noch mehr in den Keller zog.

Im Park waren zwar ein paar Laternen, aber trotzdem viel es mir sehr schwer etwas zu erkennen. Ich ging durch den dunklen Park und hoffte, das mich nicht irgend so ein betrunkener oder so anquatschte. Um ehrlich zu sein, war dieser Tag oder eher gesagt diese Nacht der Startschuss für meine nächtlichen Spaziergänge, aber dazu später mehr.

Ich ging den Weg, der zur Bank führte, an der wir uns bisher immer getroffen hatten entlang und hoffte das er auch da war und er mich nicht enttäuschte.

So näher ich kam, desto mehr konnte ich langsam erkennen und dann kurz vor Bank konnte ich die Umrisse einer Person sehen. Es war Taylor. Da war ich mir sicher.

„hey, hab dich erst garnicht gesehen, weil es so dunkel ist."

„oh hey, ich dich auch nicht, sonst wäre ich dir entgegen gekommen haha."

Ich setzte mich auf die Rechte Seite der Bank und ganz nebenbei, so war es bei jedem unserer treffen. Immer selbe Bank. Er Links, Ich rechts. Jedes einzelne Mal.

Ich lächelte ihn an. „wie war dein Tag? Erzähl?"

„ganz gut soweit und deiner? Was hast du so angetellt?"

„auch ganz gut. Ich war mit meinem Vater in der Stadt, hab mir neue Bücher gekauft und danach war ich mit dem Rest der Familie bis grad eben beim Osterfeuer, bei uns beim Gartenverein und naja, jetzt bin ich hier."

„klingt nach einem sehr gelungenen Tag."

„wir waren ja am Donnerstag mit der Tagesklinik Trettboot fahren, bei dem kleinen See in der Stadt und weißt du was mir da fast passiert ist?"

„was denn?"

„ich bin fast in den See reingefallen, als wir aussteigen wollten. Richtig lustig du."

„haha das hätte ich gern gesehen."

„ach echt? Ich hätte das nicht so lustig gefunden, aber nun ja. Was gibt es bei dir so neues?"

„nichts eigentlich lol?"

„kann ich dich mal etwas fragen?"

„Klar"

„hast du manchmal Angst davor nicht das zu schaffen, was andere von dir erwarten? Also ich mein zum Beispiel auf Arbeit und generell. Andere zu enttäuschen und sowas." Ich holte tief Luft. „kommt ziemlich random i know, aber ich denk schon den ganzen Tag irgendwie darüber nach."

„Nein eher dass nicht zu schaffen, was ich von mir selbst erwarte." Er schaute mich an. „hast du Angst davor?"

„ich habe oft das Gefühl, nicht gut genug zu sein und nicht dem zu entsprechen was andere von mir erwarten. Ich habe Angst sie zu enttäuschen. Zum Beispiel mit der Schule. Ich habe damit sehr meine Familie verletzt und enttäuscht. Und ich liebe meine Familie wirklich über alles, aber ich gebe jeden Tag mein bestes und keiner sieht es irgendwie. Oder vielleicht will es auch einfach keiner sehen. Ach ich weiß auch nicht."

„bist du sicher, dass sie es nicht sehen?"

„ja ziemlich sicher um ehrlich zu sein, aber naja da kann man nichts machen."

„Skyler nur damit du es weißt, ich bin ziemlich stolz auf dich, das weißt du doch, oder?"

„um ehrlich zu sein, nein. Aber jetzt weiß ich es und ich Danke dir, denn das bedeutet mir wirklich ziemlich viel."

„gerne."

Wir redeten noch den weiteren Abend, bis kurz vor zwölf über alles mögliche, bis er mich noch ein kleines Stück mit nachhause brachte.

Zuhause angekommen ging ich in die Küche um mir etwas zu trinken zu holen und als ich die Küchentür, die zu diesem Zeitpunkt ran war, ein Stück aufmachte, sah ich Robin am Tisch sitzen, der Kakao trank.

„Na Schwester Herz, wie war es mit Taylor?" er zwinkerte mir zu.

„gut gut. Wüsste aber nicht was dich das angeht."

„mich geht so vieles etwas an." Er grinste. „magst du auch einen Kakao?"

„ne danke, mir reicht mein Wasser" ich ging zum Kühlschrank und nahm mir eine Flasche Wasser her raus.

„na gut, wie du meinst. Dann mehr für mich."

„Gute Nacht Taylor." Ich ging zur Tür, doch Taylor hielt mich auf.

„Skyler?" ich blieb stehen. „geht es dir wirklich gut?"

„ja, danke." Ich hielt die Flasche fester an meinen Körper und ging die Treppen zu meinem Zimmer her rauf.

Ich legte mich in mein Bett und starrte zur Decke. Und wieder diese eine verdammte Frage. Warum das alles passiert. Warum Erinnerungen so weh tun. Warum wir an nichts festhalten können. Warum das Leben einen immer ins Gesicht schlägt. Warum wir Leben.

Ok ich gib zu, sind doch mehr, als nur eine Frage.

Aber im enddefekt ist es so. Wir halten an den Erinnerungen fest, weil sie alles sind, was wir noch haben. Und Erinnerungen alles sind, was uns bleibt. Selbst wenn die Person geht, die Erinnerung wird immer bleiben. Erinnerungen können dich zum Lachen bringen, aber auch zum Weinen und bei mir ist immer beides der Fall. Weil beides weh tut. Einfach immer. Und du hast mir gezeigt, wie wichtig Erinnerungen sind. Egal ob gut oder schlecht. Sie sind ein Teil von dir und ein Teil deines Lebens und ein Teil dieser Geschichte hier und sie werden es immer sein. Komme was wolle.

48 Tage zuvor

Die letzten Drei Tage waren wieder eine riesen Qual für mich und ich wusste noch nicht einmal weshalb. Oder doch eigentlich wusste ich es schon, ich wollte es mir nur nicht eingestehen. Die ganze Sache mit Taylor, sie zeriss mich. Ich hatte mich von ihm abhängig gemacht und nun kam ich nicht mehr wirklich klar. Ich brauchte ihn in meinem Leben, das war mir klar. Die Frage war nur, ob er überhaupt jemals ein wirklicher Teil meines Lebens war. Und ganz klar, das war er. Da war ich mir sicher. Und das war mein Problem, weil es mir deswegen schlecht ging. Man sagt es liegt gegen die Würde eines Menschen, wenn man sich für seine eigenen Gefühle entschuldigt. Und genau das tat ich immer und immer wieder. Das ist doch total verrückt. So sollte es nicht sein. Man sollte sich nicht für seine Gefühle entschuldigen müssen. Warum tat ich es dann immer wieder. Es führte doch zu nichts, aber das sah ich damals nicht und wenn ich ganz ehrlich bin, dann sehe ich das jetzt auch noch nicht.

Nach einem ziemlich anstregenden Tag in der Klinik, kam ich Nachmittags nachhause, aß etwas und traf mich dann mit einer Freundin, die ich über Instagram kennengelernt hatte. Wir gingen zusammen ein bisschen durch die Stadt, hörten Musik und quatschten. Oh man, wie ich die Stadt bei Nacht liebe. Alles so schön ruhig und leer. Meistens jedenfalls.

Doch ich konnte diesen Tag eher wenig genießen. Tief in meinem Inneren wusste ich, dass dieser Tag hier, mein letzter auf dieser Welt sein sollte. Ich war fest davon überzeugt. Und wirklich Angst vor dem Tod hatte ich auch nicht mehr.

Ich lebte diesen Tag, als wäre es mein letzter. Ich versuchte freundlich und herzlich zu sein. Wenigstens einmal ein guter Mensch sein. Ich wusste nicht ob ich sonst ein guter Mensch war. In meinen Augen würde ich eher mit nein antworten. In der Klinik versuchte ich mir nichts anmerken zu lassen. Sogar meinen Abschiedsbrief schrieb ich dort und keiner bemerkte etwas davon.

Und dieser Tag hier, er sollte wirklich mein letzter sein. Und so endete er.

Nach meinem Stadtbesuch kam ich nachhause, ging hoch in mein Zimmer, zog mir gammel Klamotten an und setzte mich in mein Bett. Ich fing an zu weinen und dann brach ich zusammen. Ab diesem Zeitpunkt, hatte ich mich nicht mehr unter Kontrolle und wohin das führte, dass erzähle ich euch jetzt.

Ich legte meinen Abschiedsbrief, den ich in der Tagesklinik geschrieben hatte, auf meinem Schreibtisch, so dass man ihn gut sehen konnte. Dann holte ich den Nagellackentferner, den ich zwei Tage zuvor im Supermarkt gekauft hatte raus und drehte die 200 ml Flasche auf. Und in diesem Moment war mir alles egal. Ich legte den dunkelblauen Deckel an die Seite und führte die Flasche näher an meinem Mund. So näher die Flasche kam, desto mehr spürte ich das brennen in meinen Augen und den Ekelhaft ätzenden Geruch in meiner Nase. Ich zuckte zusammen, aber ließ mich nicht abbringen. Die Flasche kam immer näher und dann nippte ich einen Schlug ab. Sofort entstand ein brennen in meiner Lunge, sowie in meinem Hals. Ich schnappte nach Luft, aber bekam nur ganz schwer welche. Ich musste mir was anderes einfallen lassen, denn so bekam ich es nur schwer runter.

Mit einem leichten brennen in der Junge ging ich die Treppen zu unserer Küche hinunter und füllte mir in ein mittelgroßes Glas ein bisschen Cola ein, in der Hoffnung, dass ich es mit dem Nagellackentferner mischen konnte, aber da hatte ich falsch gedacht.

Zurück in meinem Zimmer, versuchte ich erneut mein Glück. Ich goss einen bisschen, Oke bisschen ist untertrieben, es war schon recht viel, Nagellackentferner zu meiner Cola. Ich nahm das Glas in die Hand, hielt es an meinem Mund und begann zu trinken. So egal war mir alles. Meine Familie. Taylor. Mein Leben. Ich mir selbst. Ich hatte mich selbst verloren und das dieses Mal komplett.

Ich trank und Trank und ich spürte es. Diesen Schmerz. Als würde alles in mir drin weg ätzen. Ich hoffte, dass ich es durch die Cola nicht so stark schmeckte, aber es hätte kein Unterschied gemacht, ob ich es nun pur oder gemischt trank. Man schmeckte nur den Nagellackentferner und sterben, sterben wollte ich sowieso. Und im ersten Moment schien es auch erst so. Es schmerzte so dolle, dass ich immer mehr begann zu weinen. immer und immer mehr.

Nicht nur, weil die Erinnerung so schmerzte, sondern auch, weil ich das Gefühl hatte, ich würde gleich ersticken. Es schnitt mir die Luft zum Atmen weg, so dolle tat es weh. Ich stellte das Glas, was mittlerweile nur noch halb voll war Tränen überströmend auf meinen Tisch und setzte mich aufrecht hin, ehe ich mich doch noch dazu entschied, es in der Küche auszukippen.

Ich kam schwer atmend zurück in mein Zimmer und schaute an mir herrab. Alles schmerzte. Ich hätte schreien wollen, aber ich tat es nicht. Zu diesem Zeitpunkt wusste ich nicht, ob ich das überleben würde. Und ich glaubte auch nicht wirklich daran. Und wenn ich ganz ehrlich war, dann hoffte ich das auch nicht.

Ich legte mich zitternd in mein Bett und hoffte, dass ich einschlief und im besten Fall, nicht wieder wach wurde.

47 Tage zuvor

Am nächsten Morgen weckte mich meine Mum, die keine Ahnung hatte, was vergangene Nacht vorgefallen war. Ich hatte versucht mich umzubringen und es war mistglückt. Und niemand hatte etwas davon gemerkt.

„Skyler es ist Sechs Uhr, du musst aufstehen." Sagte sie etwas verwirrt, weil ich sonst immer allein aufstand.

Ich wurde wach und dann realisierte ich, das ich noch immer auf dieser Welt war. Ich holte Luft, und dann kamen die schmerzen wieder. Dieses brennen in meinem Hals. Es hörte nicht auf. Mühsam quälte ich mich aus meinem Bett, zog mir irgendetwas über und machte mich dann fertig. In der Hoffnung Taylor bei Wallys anzutreffen, warf ich meinen Rucksack um meine Schulter und ging zur Tür hinaus und vergaß dabei eine ganz wichtige Sache. Meinen Abschiedsbrief, der offen auf meinem Schreibtisch lag. Ich hatte ihn komplett vergessen.

Die letzte Nacht nahm mich ziemlich mit, weswegen ich mein Etvi umklammert das Haus verließ. Es sah bestimmt Mega albern aus, aber es bot mir in diesem

Moment kraft und Sicherheit. Abgesehen davon, war mir sowieso alles egal, also wieso auch nicht das.

Die Chance, dass Taylor Frühschicht hatte, war ziemlich gering, dem noch versuchte ich mein Glück und dieses Mal auch ohne Enttäuschung.

Ich betrat den Laden und war überrascht als ich ihn sah.

„Morgen, Ich hätte gern einen Kaffee zum mitnehmen."

„klar, 2,30 Euro dann bitte."

„hier" ich war auf einmal so überfordert und mir war so heiß und irgendwie auch schwindelig. Ich nahm mir meinen Kaffee und verließ das Kaffee. Draußen stellte ich mich gegen eine Wand und holte tief Luft und nahm dann einen Schlug von meinem noch warmen Kaffee. Und dann kam der Nagellackentferner Geschmack wieder durch. Und er war stärker, als alles andere. Nur nicht stark genug, gegen meine Erinnerungen. Nichts war stärker als sie.

Nach meinem Abstecher in das Kaffee, machte ich mich auf dem Weg zur Tagesklinik. Ich zog mich zurück, was auch auf viel, aber ich einfach brauchte. Ich brauchte ruhe für mich.

Einanhalb Stunden später machte ich den Flugmodus, meines Handys aus und erreichte unzählige Anrufe meiner Familie. Sie hatten den Brief gefunden. Und ehe ich mich versah, stand meine Mutter in der Klinik und viel mir erleichtert um den Hals.

„Gott sei Dank, du lebst noch. Ich dachte schon, du hättest dir was angetan." Sie drückte mich fester an sich und ich könnte schwören, dass sie weinte. Oh man, wenn sie wüsste. Wenn sie wüsste.

Sie sprach mit dem Klinikpersonal, die natürlich nichts von all dem wussten und auch nie erfahren sollten. Niemand sollte je von dieser Nacht erfahren, an der ich versuchte mein Leben zu beenden. Ich schwieg darüber, wie über so vieles, in meinem Leben.

Sie entschied sich dazu mich mit Nachhause zunehmen. Nach Absprache mit dem Personal, schnappte ich kurz meine paar Sachen und anschließend gingen wir zu dem schwarzen Mercedes, der vor der Klinik parkte. Auf dem Weg Nachhause sprachen wir kaum ein Wort und darüber war ich sehr dankbar. Aber wie gesagt, kaum ein Wort.

Nach einer ganzen Weile Stille, fragte sie mich etwas.

„ist es wegen Taylor?"

„was soll sein? Es ist eigentlich alles gut."

„das kannst du mir nicht erzählen, ich merke doch das es dir weh tut."

„nein tut es nicht. Es ist nicht wegen Taylor."

Ich drehte meinen Kopf zum Fenster hin und sah mich dann im Rückspiegel. Und dann rollte mir eine Träne aus dem Auge. Natürlich war es wegen Taylor. Und ich hatte versucht mich umzubringen, und jetzt tat ich so, als wäre alles in bester Ordnung, aber das war es nicht. Keines falls war es das.

Nach einer weiteren Stille, sagte meine Mum wieder etwas, kurz bevor wir, vor unserem Haus zum stehen kamen.

„hör zu Skyler, leg dich hin. Ich muss weiter zur Arbeit. Falls etwas sein sollte, dann ruf an, ok?"

„ok" ich öffnete die Beifahrertür und stieg aus dem Auto aus. In meiner Tasche kramte ich nach meinen Haustür schlüssel und schloss dann die Tür auf, nachdem ich sie gefunden hatte. Ich ging ins Haus rein und brach kurz danach in Tränen aus. Und dann ganz plötzlich drehte sich mein Magen komplett um. Mir wurde so schlecht, das ich zur Toilette lief und dann erstmal ne weile kotzend über der Kloschüssel hang. Und ich wusste in diesem Moment nicht was mehr weh tat. Die Erkenntnis, dass ich sogar zu dumm war mich umzubringen, oder das brennen in meinem Hals. Oder vielleicht war es auch einfach beides.

46 Tage zuvor

Nachdem Ich am gestrigen Tag fast alles aus mir auskotzte und gefühlt mehr Zeit über der Kloschüssel verbrachte, als irgendetwas anderes zu tun, ging es mir nun schon wieder deutlich besser. Nicht nur körperlich, sondern auch psychisch.

Ich wachte mitten in der Nacht auf und mir ging es tatsächlich gut. Ich verspürte diesen Drang, in die Küche zugehen, und mir dort einen Kakao oder so etwas zu machen. Also tat ich es auch.

Ich kroch aus meinem Bett her raus und ging die Treppe runter nach unten zur Küche. Zumindest war das der Plan. Kurz vor der Küche blieb ich stehen, weil ich meine Mutter und mein Vater reden hören konnte. Und das verunsicherte mich. Es war Drei Uhr morgens und meine Eltern saßen in der Küche und redeten. Ich blieb stehen, und ich weiß ja, das macht man nicht. Man belauscht nicht, aber ich blieb dort stehen und hörte ihnen zu.

„Ich weiß einfach nicht mehr weiter. Ich würde ihr sogern helfen wollen, aber ich weiß einfach nicht wie. Ich Zweifel daran ob ich irgendwas falsch gemacht habe."

„um Gottes willen, nein das hast du nicht." hörte ich nun meinen Vater sagen. Beide klangen besorgt und irgendwie auch hilflos.

„Vielleicht sollten wir doch nochmal darüber nachdenken, sie in eine Klinik zu bringen. In eine richtige Klinik." in diesem Moment, als er das sagte, zog sich alles in mir zusammen.

„vielleicht würde das ihr helfen."

„nein würde es nicht" faselte ich so, dass es niemand hören konnte vor mich hin. Ich wollte nie und will auch jetzt nicht in eine Klinik. Die Tagesklinik war schon genug. Ich spielte mit dem Gedanken in die Küche zu gehen, mich zu ihnen zusetzten und mit ihnen zu reden. Ihnen das zu erzählen, was geschehen war, doch ich war mir sicher, würde ich das erzählen, würden sie mich sofort in eine Klinik bringen. Davon war ich fest überzeugt. Also ließ ich es und machte mich leise wieder auf den Weg zurück in mein Zimmer und tat so, als wäre das alles nicht passiert.

Das was geschehen war bereitete mir Angst. Ich hatte Angst, das so etwas, wie vor Zwei Tagen, nochmal vorkommen würde, und ich dieses Mal komplett die Kontrolle verlieren würde. Nicht das ich beim letzten Mal schon komplett die Kontrolle verloren hatte. Es ging ja zum Glück noch einiger maßen gut aus. Es hätte auch schlimmer enden können. Zum Beispiel im Krankenhaus oder naja, ihr wisst schon. Ich hatte in diesem Moment Angst vor mir selbst und das zum aller ersten Mal in meinem Leben.

Zum Glück war dieser Tag hier ein Samstag und ich konnte ihn in Ruhe Zuhause verbringen ohne raus gehen zu müssen. Freunde hatte ich ja sowieso keine. Keine außer Paula, die ich über Instagram kennengelernt hatte. Sie gab mir halt und dafür war ich ihr unglaublich dankbar. Und natürlich war da auch noch Kira, die schon seit Zwei Jahren nicht von meiner Seite wich, aber dadurch, dass sie in Selenka wohnte, konnten wir uns nicht oft sehen. Meistens nur Zwei bis dreimal im Jahr. Was immer hin noch besser war, als garnicht.

An diesem Tag kam Paula zu mir Nachhause und wir zeichneten etwas und unterhielten uns. Und dabei aßen wir Oreo-Kekse, die mir Taylor beim letzten Treffen aufs Auge gedrückt hatte. Keine Ahnung warum er das getan hatte, aber ich freute mich darüber. Der Fakt, das Oreo Kekse sogar vegan waren, überraschte ihn und erst wollte er es mir auch garnicht glauben, bis er sich die Zutatenliste anschaute.

Das Treffen mit Paula tat gut, weil ich einfach das Gefühl hatte, jemanden endlich gefunden zu haben, der mich mag, so wie ich bin. das ganze tat gut, weil ich wusste, dass sie mich verstand. Paula war ein halbes Jahr vor mir bereits schon in der Tagesklinik, weil sie mit Bulimie zu kämpfen hatte. Und stehts hat sie dieses Problem immer noch. Viele Leute denken zwar sie wissen was Krankheiten, wie Bulimie und Magersucht sind, aber die meisten irren sich. Diese Krankheiten hängen nicht von einem bestimmten Gewicht ab oder so was. Es sind Krankheiten, die sich im Kopf befinden und nur die aller wenigsten, können diese wieder komplett besiegen.

Ich war eine von diesen wenigen, weil ich hatte die Magersucht überlebt und besiegt. Alles was jetzt nur noch blieb, war die Depression. Und die war ziemlich ziemlich stark.

42 Tage zuvor

Es war schon wieder Freitag und heute sollte ein Treffen mit Taylor stattfinden. Natürlich machte ich mir nicht als zu große Hoffnungen, weil oft etwas dazwischen kam und es eigentlich nie bei einem Treffen blieb und sich immer verschob. Aber dem noch hatte ich Hoffnung und freute mich. Ich versuchte das Beste aus diesem Tag zu machen.

Heute stand wieder ein Therapeutengespräch an, worüber ich sehr dankbar war.

Ich ging zu ihr, in das Sprechzimmer und erzählte ihr was es neues gab. Ich erzählte ihr alles, bis auf das, was an diesem einem bestimmten Tag geschehen war.

„ich habe Gute Nachrichten für dich Skyler." ich lächelte sie an, dann sprach sie weiter.

„du kannst nächsten Mittwoch entlassen werden." wow damit rechnete ich nicht. Es war ein Schock, aber auf der anderen Seite auch Erleichterung.

„wir schätzen dich so ein, dass du es ab nächster Woche wieder zur Schule schaffst. Meinst du, du packst das?"

und da kam sie wieder. Diese Angst, andere zu enttäuschen. Nicht das zu schaffen, was andere von mir erwarteten. Alle zu enttäuschen.

„ich schätze schon."

„Skyler, falls du dir noch nicht ganz sicher bist, kannst du auch gern noch hier bleiben."

„nein, ich schätze ich schaffe das." ich setzte ein Lächeln auf und um ehrlich zu sein, war ich völlig überfordert mit der Situation.

Nach der Tagesklinik, die Freitag schon um 14 Uhr endete, fuhr ich mit dem Fahrrad nachhause und legte mich einen Moment aufs Ohr. Allerdings wurde aus einem Moment, Drei Stunden und als ich wach wurde, hatte ich Zwei Nachrichten von Taylor auf meinem Handy.

Schaffst du es um 19 Uhr?

Okay sorry da ist was dazwischen gekommen, wird doch eher 19:30 Uhr

Ich schaute auf meine Handy Uhr und stellte zum Glück fest, dass es erst 18:40 Uhr war. Mir blieb also noch genug Zeit.

Ich ging pünktlich zu unserem Treffpunkt los und wie fast immer, war ich diejenige, die zuerst da war. Ein paar Minuten nach mir, traf auch er ein.

„hey, wie geht es dir?" fragte er mich

„es geht und dir?"

„joa ganz ok würde ich sagen."

„es gibt da etwas, worüber ich mit dir sprechen muss."

„dann schieß los."

„wie lang soll das alles noch so weiter gehen? Das mit uns. Oder eher gesagt, nicht uns."

„Ich weiß es nicht Skyler. Ich möchte dir auch etwas sagen. Und das sollst du jetzt nicht falsch verstehen, aber warte nicht auf mich." und als er das sagte, brach eine kleine Welt für mich zusammen.

„aber da sind diese Gefühle und ich kann sie nicht einfach so abschalten. So leicht das ganze gesagt ist, so schwierig ist es umzusetzen."

„ich weiß Skyler, aber ich sehe, dass du drunter leidest und das möchte ich nicht, verstehst du."

„aber was ich dir noch sagen möchte ist, das du mein Leben um Welten besser gemacht hast, ok? Und dafür danke ich dir." ich holte tief Luft, ehe ich weitersprach.

„weißt du, ein guter Freund sagte mal zu mir, ich kann dich lieben und trotzdem gehen lassen. Ich wünsche mir nur, dass du wieder glücklich wirst. Nichts wünsche ich mir mehr."

er schaute mit gesängten Kopf nach unten und seine braunen wuscheligen haare hangen her runter. Und ich könnte schwören, dass er weinte. Ich konnte es nicht genau sehen, aber ich konnte es fühlen.

„willst du ein Zimtbrötchen haben?" wir beide mussten plötzlich lachen.

„nein danke." ich hielt kurz inne. „oder doch, ich nehme doch eins, das war nämlich die Essstörung, die das gesagt hat." dankend nahm ich ein Zimtbrötchen entgegen. Und nun saßen wir da im leichten Nissel-Regen und aßen zusammen Zimtbrötchen.

36 Tage zuvor

Heute ging ich das erste Mal zu meiner Schule zurück. Über ein halbes Jahr war ich nicht mehr dort gewesen, und nun stand ich wieder hier. An sich war es ein guter Schultag. Klar wurde ich von dem ein oder anderen komisch angeguckt, aber wir verstanden uns gut und keiner machte blöde Bemerkungen und das war die Hauptsache. Taylor hatte vor mich von der Schule abzuholen, was mich sehr freute, aber zugleich war auch diese Unsicherheit da, weil ich nicht wusste, ob er sich daran hielt. Ich hatte in den ersten beiden Stunden deutsch und der Unterricht lief sogar so gut, dass ich noch bis zur letzten Stunde blieb.

Nach dem Unterricht schaute ich auf mein Handy und schaute nach, ob Taylor mir geschrieben hatte. Und ja, dass hatte er tatsächlich auch.

Hey, ich bin noch mit meiner Schwester unterwegs, weswegen ich es nicht schaffe dich abzuholen. Tut mir leid.

Und es war wie zu erwarten. Nur dieses Mal war ich nicht enttäuscht, weil ich sowas schon geahnt hatte. Irgendwann überrascht einem nichts mehr. Man nimmt es einfach so hin. Bei mir war es eigentlich schon zur Normalität geworden, das man mir absagte. Und um ehrlich zu sein, schmerzte es doch jedes Mal aufs Neue. Jedes verdammte mal. Und ich konnte nichts wirklich dagegen tun. Es friss mich von innen auf. Diese große schwarze, böse Qualle. Sie frass Tag und Tag mehr von mir auf.

Man sagt nichts hält für immer, aber warum ist das so? warum können wir an nichts festhalten? Warum tut das Leben so oft, so weh? All diese Fragen, die Tag zu Tag immer mehr wurden. Und diese Fragen, auf die ich einfach keine Antworten fand.

Nach einem sehr gelungenen Schultag, traf ich mich abends mit Paula in der Stadt. Wir gingen ein bisschen durch die Arkaden, die abends noch bin um 22 Uhr auf hatten. Zwischendurch schaute ich immer wieder auf mein Handy. Und plötzlich und völlig unerwartet hatte ich eine Nachricht von Taylor drauf.

Du wirst morgen Entlassen, richtig? Magst du dann was mit mir unternehmen?

Ja sehr gern sogar.

Ich lief noch eine ganze Weile mit Paula durch die Stadt, ehe ich gegen Abend nachhause kam und total fertig in mein Bett viel. Das war ein guter Tag. Und so sollte sich jeder Tag anfühlen.

37 Tage zuvor

Nun war also schon mein letzter Tag bzw. eigentlich eher halber Tag in der Tagesklinik gekommen. Da ich ja vier Stunden zur Schule ging und den Rest der Zeit noch dort verbrachte, war ich nicht lang dort. Ab morgen hieß es dann wieder für mich komplett Schule. Und das bereitete mir ein wenig Angst.

Nach der Schule fuhr ich zur Klinik und verbrachte meine letzten zwei Stunden dort mit den anderen Patienten. Irgendwie war es ein gutes Gefühl, wissen zu können, dass ich nie wieder dorthin musste, aber auf der anderen Seite, war es auch ein ziemlich schlechtes und Angst einjagendes Gefühl. Nach dem Mittagessen, checkte ich kurz heimlich mein Handy und ich hatte eine Nachricht von Taylor drauf.

Ich arbeite bis 21 Uhr, aber magst du dich danach noch mit mir treffen?

Sehr gern sogar. Ich werde dich dann abholen.

Nachdem das geregelt war und ich mir also zu dem Zeitpunkt noch sicher sein konnte, das ich heute Abend noch etwas vor hatte, ging ich mit den anderen Patienten nach draußen zum Eis essen. Das Wetter war grandios und das freute mich natürlich sehr.

Nach einem gelungen Tag in der Klinik und einem ebenso guten Abschlussgespräch bei meiner Therapeutin, verabschiedete ich mich von allen anderen, bei unserer üblichen abschlussrunde.

„Es war eine wirklich sehr schöne Zeit hier und ich bin jedem einzelnen so unfassbar dankbar. Ich werde euch vermissen." ich musste die Tränen zurück halten.

„wenn du hier warst, hatten immer gleich alle gute Laune. Man hat gemerkt, wenn du nicht hier warst. Wir werden dich hier vermissen Skyler." sagte einer der Betreuer. und so wie die Betreuer es taten, so sagte auch jeder einzelne Patient etwas zu mir. Gab mir etwas auf den weg. Bedankte sich. Wünschte mir etwas. Und zum Schluss fuhr ich mit einem guten Gewissen nachhause. Und es fühlte sich zum ersten Mal seit langem so an, als würde ich über diesen Schmerz hinweg kommen. Als wäre plötzlich die Welt wieder in Ordnung.

Eine Stunde später kam ich zuhause an und zog mich erstmal um, da ich mich beim Eis essen komplett bekleckert hatte. Noch nicht einmal anständig essen konnte ich. Nachdem das dann erledigt war, packte ich meine Tasche aus und legte mich dann in mein Bett um ein paar Youtube-Videos zu schauen.

Draußen hatte es sich mittlerweile bezogen und regnen tat es auch schon. Kurz vor Ladenschluss ging ich noch schnell in einen Supermarkt, um eine Flasche Hugo zukaufen. Schließlich wird man nur einmal aus einer Klinik entlassen. Im besten Fall zumindestens.

Anschließend ging ich von dort aus direkt zu Wallys, um Taylor von der Arbeit abzuholen. Der Regen, der mittlerweile schon weniger geworden war, machte mir nichts aus. Und pünktlich gegen 21 Uhr, hatte Taylor dann Feierabend. Wir gingen zusammen in den Park, in dem wir uns immer trafen und setzten uns auf eine Bank.

„hast du die Tage dann eigentlich nochmal Zeit?" fragte ich ihn.

„ja morgen Abend hätte ich Zeit, ansonsten auf jeden Fall Freitag, da hab ich Frühschicht." Von Zuhause hatte ich Sektgläser mit geschmuggelt, die ich wenig später, genauso wie die Flasche Hugo aus meinem Rucksack her raus fischte.

„soll ich uns eingießen?" fragte er mich und warf mir ein Lächeln rüber.

„klar sehr gern." Ich gab ihm die Gläser rüber und er befüllte sie nach und nach mit der intensiv Blauen wunder wirkenden Flüssigkleit.

„Magst du anstoßen?"

„auf jeden Fall. Ich hab ja nicht umsonst die Gläser mitgenommen."

„dann auf deine Entlassung und das es auch so bleibt." Ich hatte euch bereits von den tagen, die ich wieder erleben würde, wenn ich könnte erzählt und das hier.

Das hier war einer dieser Tage, den ich gern wieder erleben würde. So schön war er. Und ich hoffte, dass er für die Ewigkeit war.

35 Tage zuvor

Am Donnerstag, dem Tag darauf kam es zu keinem weiteren treffen. Er schrieb mir abends nur, dass er ziemlich kaputt sei und er morgen Zeit hätte. Worauf ich mich natürlich verließ. Spoiler: auch an diesem Tag kam es zu keinem treffen.

Die Schule lief an diesem Tag ziemlich gut und machte mir sogar Spaß, was mich erstaunlicherweise sehr überraschte. Den Abend verbrachte ich mit Paula in der Stadt. Im groben und ganzen, war es also ein sehr gelungener Tag.

34 Tage zuvor

Nichts passiert im Leben so, wie man es sich gern wünscht oder man es gern hätte. Genauso, wie nichts im Leben ohne Grund passiert. Manchmal gibt es Tage, an denen alles gut läuft, und dann gibt es wiederrum auch welche, an denen nichts gut läuft. So auch wie an diesem Freitag.

Ich wachte Zen Minuten vor meinem Wecker mit unerträglichen Kopfschmerzen und ganz leichtem Fieber auf. Ich griff rechts neben mein Bett und schaltete den Flugmodus aus, den ich über Nacht meistens an hatte. Zwei Nachrichten erreichten mich. Eine von Paula und die andere von Taylor.

Guten Morgen, ich arbeite heute bis 15 Uhr und bin danach noch kurz mit meiner Schwester verabredet. Ich hab dann gegen Nachmittag/Abend Zeit.

Da ich nicht wusste, ob es mir später besser ging, tippte ich erstmal nichts ein.

Ich quälte mich aus meinem Bett und machte mich auf den Weg zur Schule. An diesem Tag lief es dort überhaupt nicht gut. Mein Kopf schmerzte zu sehr und ich wusste nicht, ob es wirklich so war oder ich nur eine Ausrede für meine Depression suchte. Trotz alledem hielt ich den Tag durch und ging nicht früher nachhause. Taylor schreib ich erst später etwas zurück.

Perfekt, ich bin grad von der Schule heim und lege mich einen Augenblick hin. Melde dich, sobald du kannst.

Als ich das schrieb, war es bereits 18 Uhr.

Ich schlief für einen Moment ein und ehe ich mich versah, war es 20:30 Uhr. Doch auch nach zweieinhalb Stunden später meldete er sich nicht. Und auch nach einer weiteren Stunde, war keine Nachricht von ihm da. Für mich ergab es keinen Sinn mehr, sich die ganze Zeit im Bett hin und her zu wältzen, also beschloss ich noch eine runde mit dem Fahrrad draußen rum zu fahren, Was um 21:30 Uhr vielleicht nicht grad die schlauste Idee von mir war. Das gab ich zu.

Draußen war es bereits Stockdunkel und außer den Lichtern von den Laternen auf der Straße, konnte man nichts erkennen.

Ich schloss mein Fahrrad auf, machte mir meine Kopfhörer in mein Ohr und drehte die Musik voll auf.

Ich machte meine Standart Playlist an. Ich glaub den Namen brauch ich euch nicht mehr zu nennen.

In mein Ohr strömte die Melodie von This Town von Niall Horan. Ein wirklich schöner Song, bei dem ich immer und immer wieder weinte. So wie auch an diesem Tag.

Mit Tränen in den Augen fuhr ich durch meine Straße und wirklich klar sehen konnte ich nicht. In Wirklichkeit sah ich nur verschwommen, was an den tränen lag, die aus meinen Augen flossen. Von Sekunde zu Sekunde wurden es immer mehr und ich konnte immer weniger sehen.

Durch die laute Musik, die durch mein Ohr strömte, konnte ich nicht wirklich mehr etwas war nehmen. Ich hörte nichts. Ich sah nichts. Ich spürte nichts. Nichts außer schmerz. Und dann plötzlich nahm ich kaum noch etwas war.

Ich fuhr an einer Kreuzung entlang und plötzlich sah ich die nahen Lichter auf mich zu kommen. Immer und immer näher. Und dann wurde ich von meinem Fahrrad von einer Sekunde auf die andere Seite, über des Autos hinweg geschleudert.

Ab diesen Zeitpunkt erinnere ich mich an kaum noch etwas. Ich lag dort regungslos und dachte, dass es jetzt vorbei sei. Das sich so sterben anfühlte. So musste es sich anfühlen, da war ich mir ziemlich sicher. und dann sah ich nur noch die leuchtenden Lichter eines Krankenwagens auf mich zu kommen. Die Sirene, die immer lauter und immer schriller wurde. Die Notärzte, die plötzlich alle um mich rum versammelt waren. Und dann schaute ich rechts runter an mir herab. Ich sah mein Handy. Der Display komplett zersprungen und kaputt. Und dann sah ich Blut. Meine Hand, die Blutig war. Ich faste mit meiner linken Hand, die außer ein paar schurfwunden sauber war, an meine Stirn, und auch sie war voller Blut. Luft bekam ich nur schwer, und mich bewegen, ging sowieso erst garnicht.

Ich würde sterben, da war ich mir sicher.

33 Tage zuvor

Am nächsten Tag wurde ich in einem ziemlich grellen Zimmer wach. Alles wirkte so Stiril und eintönig. Erst dann wurde mir bewusst, dass das hier ein Krankenhaus war, in dem ich mich befand.

Wenn ich etwas in den letzten vergangenen Wochen gelernt hatte, dann das es den äußerlichen Schmerz gab und auch den innerlichen Schmerz und das hier, dass hier war ganz klar beides.

Ich konnte mich an nichts wirklich mehr Erinnern, was in der Nacht zuvor vorgefallen war. Ich wusste nur, dass heute Samstag war und ich mit einem Verband um den Kopf gewickelt, sowie um meinem rechten Arm, im Krankenhaus lag und ich hätte mir echt nichts cooleres vorstellen können, als an einem Samstag im Krankenhaus zu liegen.

Plötzlich ging die Tür zu meinem Zimmer auf und meine Eltern, samt meinem älteren Bruder Robin betraten mein Zimmer.

„Gott sei Dank, dir geht es gut." sagte meine Mutter erleichtert, als sie mich sah und viel mir sofort um den Hals.

„naja gut gehen tut es mir nicht grade, aber es hätte auch schlimmer kommen können." ich holte tief Luft, ehe ich weitersprach. „woher wisst ihr eigentlich, dass ich hier bin."

„durch deinen Ausweis in deinem Portmane, was du dabei hattest. Die Polizei hatte es, genauso wie auch dein Handy gefunden und uns kontaktiert. Was um alles in der Welt ist den geschehen?"

„Ich hatte einen Unfall würde ich behaupten."

„hast du denn nicht aufgepasst." sagte meine Mum nun besorgt und aufgebracht.

„Mum" viel Robin ihr ins Wort.

„kann ich kurz mit ihr allein sprechen?"

„natürlich." meine Eltern gingen Richtung Tür.

„wartet kurz."

sie blieben stehen und drehten sich um.

„danke das ihr hier seid." ich lächelte zu ihnen.

„du bist doch unsere Tochter, das ist selbstverständlich."

„ich hab euch lieb." sie lächelten zurück und gingen zur Tür hinaus.

Robin wartete bis die Tür komplett geschlossen war und drehte sich dann zu mir um.

„war das ein Selbstmordversuch?" fragte er mit einem ernstem Gesichtsausdruck. „sei ehrlich Sky"

„was, nein." ich war geschockt von dieser Frage und plötzlich kamen all die Gedanken und Bilder von meinem wirklichen Selbstmordversuch wieder hoch. Alles bis ins kleinste Detail.

„bist du sicher, dass es dir gut geht?"

„nein nicht wirklich Taylor, aber lass uns da wann anders drüber reden, ja?"

„okay" in diesem Moment ging die Tür erneut auf und der Chefarzt inklusive zwei Krankenschwestern betraten den Raum.

„Mrs. Johnson, sie sind wach. Wie geht es Ihnen?"

„den Umständen entsprechend würde ich sagen."

„haben sie schmerzen?"

Außer einem gebrochenen Herzen keine, wollte ich sagen, aber stattdessen sagte ich, „nein alles bestens. Was ist gestern passiert?"

„sie hatten einen leichten Unfall und haben sich eine Platzwunde am Kopf geholt. Außerdem haben sie ein paar Schrammen und Wunden an den Beinen und Armen, insbesondere am rechten Handgelenk und Oberschenkel, aber die verheilen ohne Probleme wieder."

Nur sind da auch noch Dinge, die nicht einfach so wieder verhielen. Der Schmerz blieb, genauso wie die Frage, ob er jemals verschwinden würde. Ob ich jemals wieder durch die Stadt laufen würde, ohne jedes Mal dieses Gefühl von Traurigkeit spüren zu müssen. Ohne jedes Mal diesen Drang zu haben, mich umbringen zu müssen. Ohne jedes Mal zu weinen. Ohne jedes Mal an mir selbst zu zweifeln. Alles was ich wollte, war wieder ich zu sein. Das Ich vor meiner Krankheit.

Der Arzt sprach weiter, doch es viel mir sehr schwer ihm zu folgen. „Da sie noch keine 18 Jahre alt sind, werde ich noch mit Ihren Eltern sprechen, aber an sich, sollte es kein Problem sein, sie morgen schon wieder zu entlassen. Vor raus gesetzt natürlich, es geht Ihnen gut."

Nachdem der Arzt noch mit meinen Eltern sprach und ich gegen Nachmittag endlich meine Ruhe hatte, entschied ich mich etwas im Krankenhaus rum zulaufen und mich einen Moment in die Cafeteria zusetzen. Dort kam ich mit einer anderen Patientin ins Gespräch, die schon ein bisschen älter war und ebenfalls allein dort war. Wir aßen zusammen Schokotorte und unterhielten uns.

„ist keiner deiner Freunde hier, um dich zu besuchen? Bist doch so ein hübsches Mädel." Sagte die ältere Dame und biss ein Stück ihres Kuchens ab.

„danke, aber nein, ich habe nicht so viele Freunde. Eher gesagt sehr wenige. Eigentlich nur eine."

„Keiner hat viele Freunde Skyler. Keiner."

„ich weiß"

Das dieses Gespräch so tiefgründig werden würde, ahnte keiner. Weder noch die ältere Dame, noch ich. Aber es war ein schönes Gespräch und das war das einzige was zählte. Für uns beide.

32 Tage zuvor

Nachdem ich am vor Tag aus der Klinik entlassen wurde, hatten meine Eltern beschlossen, mich an diesem Tag zuhause zu lassen, damit ich mich ausruhen konnte. Sie entschuldigten mich also in der Schule und ich verbrachte einen ruhigen Tag zuhause. Am Nachmittag war ich dann auch endlich wieder nach zwei Tagen ohne, per Handy zu erreichen. Mein Dad hatte es zu Reperatur gebracht, da es durch den Unfall am vergangen Freitag etwas gelitten hatte. Aber nun funktionierte es wieder einigermaßen.
Als ich es wieder hatte, war das erste was ich tat, nach zu schauen, ob Taylor mir über das Wochenende geschrieben hatte. Und tatsächlich hatte er das auch. Und zu meiner Überraschung auch mehrmals.

Hey wie geht's?

Ist alles gut bei dir?

Skyler?

Oke, melde dich wenn du wieder erreichbar bist.

Ich tippte einen kurzen Text in mein Handy und schickte die Nachricht ab.

Hey Taylor, ich hatte einen Unfall und lag übers Wochenende im Krankenhaus, aber jetzt geht es mir wieder ganz gut, denke ich.

Kurz danach kam auch gleich eine Antwort.

Was ist passiert? Hast du dich dolle verletzt?

Ist nur halb so wild. Mir geht es soweit wieder ganz gut.

Oke, magst du erzählen, was passiert ist?

Hatte einen kleinen Fahrrad Unfall, aber wie gesagt, ist nur halb so wild.

Darauf kam keine Reaktion mehr. Und es wunderte mich um ehrlich zu sein auch schon garnicht mehr.
Ich verbrachte noch den Rest des Tages hauptsächlich in meinem Zimmer und ließ mich nur zum Essen bei meiner Familie blicken. Sie machten sich sorgen um mich, das konnte ich spüren und das war irgendwie ein komisches Gefühl.

30 Tage zuvor

Gestern, sowie den heutigen Tag, verbrachte ich überwiegend in der Schule, da ich bis 15:30 Uhr Unterricht hatte.

An sich war ich sehr stolz auf mich, dass ich das alles so durchzog. Doch wirklich gut ging es mir dabei nicht.

Nach einem ziemlich anstrengenden Schultag mit Englisch, Bio, Kunst und Mathe im letzten Block, kam ich am Spätnachmittag nachhause und verschanzte mich erstmal in meinem Zimmer. Ich lag grad in meinem Bett, als meine Mum ins Zimmer herein kam.

„hast du vor heute Abend noch weg zugehen oder so?" Ich schaute meine Mutter fragend an. „Nein. Mit wem denn auch, ich habe doch keine wirklichen Freunde."

„dann ist gut, wir müssen heute beim Abendessen etwas besprechen. Das ist wirklich sehr wichtig." Und das, Sagte sie in einem so ernsten Tonfall, dass es mir wirklich Angst bereitete.

„mit der ganzen Familie." Ergänzte sie und verließ das Zimmer wieder.

In diesem Moment, wusste ich nicht was mir mehr Angst einjagen sollte. Ihre eigenartige Geheimnissvolle art oder dass, was wir beim Abendessen wohl besprechen werden. Was auch immer es wohl sein mochte, was gutes war es auf keinen Fall. Da war ich mir sicher.

Nachdem meine Mum wieder weg war und meine Zimmer Tür wieder komplett geschlossen war, machte ich meine Mathe Hausaufgaben bzw. ich versuchte es und ging anschließend zum Abendessen her runter. Meine Familie saß schon vollständig am Tisch und wartete mit dem Essen auf mich.

„gut dass du da bist, wir müssen etwas ernstes besprechen." Sagte mein Dad, mit einem Unterton, als wäre irgendetwas passiert.

„was ist los? Ist etwas passiert?"

„das Ding ist, an sich ist nichts passiert, aber das ist genau dass, worüber wir reden müssen."

„okay, das klingt nach etwas ernstem."

„Skyler und Robin, eure Mutter und ich haben wirklich sehr lang darüber nachgedacht und uns viel diese Entscheidung auch echt nicht einfach, aber es ist besser so, für alle." Sein Gesichtsausdruck wurde immer ernster.

„wir werden nach Amsterdam ziehen." Sagte er einfach so her raus. „sehr bald schon. Bitte flippt nicht aus." Meine Mutter schaute zu ihm her rüber.

Im ersten Moment schockte es mich und ich wollte ihn erst anschreien, und ihn fragen, warum er mir das antat, aber dann wurde mir bewusst, dass es eh nichts gab, was mich noch hier hielt.

Dieser Ort war für mich praktisch eigentlich nur noch eine Einladung zum heulen geworden. Es kam mir also ziemlich gelegen diesen Ort hier zu verlassen. Wirklich. Irgendwie freute ich mich auch.

„ihr sagt ja garnichts. Seid ihr so geschockt?"

„nein Dad, positiv geschockt vielleicht." Ich schaute zu ihm rüber und sagte das mit einer ruhigen stimme.

„echt Skyler? Ich hab eigentlich damit gerechnet das du einen Aufstand machst und dann beleidigst einen abzieher machst."

„die alte Skyler hätte das gemacht Dad." Und tatsächlich, Vor der Krankheit hätte ich das auch bestimmt gemacht. Da lag ich auch nicht jeden Tag heulend im Bett und hab mir überlegt das Leben zu nehmen.

„aber warum zum Teufel ausgerechnet Amsterdam? Müssen wir echt auf einen anderen Kontinenten ziehen? New Jersey ist doch ein toller Ort." Sagte Robin nicht ganz so begeistert.

Nun mischte sich auch meine Mum in die Konversation ein. „euer Dad hat in Amsterdam eine bessere Arbeit gefunden und nun ja, es wäre auch eine gute Chance für dich Skyler. Ein Neuanfang ist doch immer etwas gutes. Es gibt dort eine echt gute Schule, auf die ihr beide gehen könntet. Robin du könntest dort Basketball in einer Mannschaft weiter spielen und du Skyler, kannst dich dort voll und ganz auf das Thema Gestaltung Konzentrieren."

„ganz egal was ihr sagt, wir werden so oder so hin ziehen." Sagte mein Vater und lachte dabei. „und nun guten Appetit Familie. Lasst es euch schmecken." Er griff sich den Topf mit den Kartoffeln und tat sich welche auf seinen Teller.

„irgendwie ist das alles grad ziemlich schräg oder Skyler? Wann ziehen wir überhaupt um?"

„bald. Sehr bald." Mein Vater steckte sich eine Kartoffel in den Mund.

„das ist total schräg Robin. Wenn ihr mich jetzt entschuldigt. Ich muss mit dem packen beginnen." Sagte ich ironisch und stand vom Tisch auf.

„ach Skyler komm wieder-" sagte meine Mum, doch mein Vater unterbrach sie.

„lass sie."

Mir wurde das alles auf einmal alles etwas viel, weswegen ich aufstand und die Treppen hoch zurück in mein Zimmer ging und mich erstmal in mein Bett legte. Was würde wohl passieren, wenn ich nicht mehr hier wäre? Ist ja auch nicht das erste Mal, dass ich über so eine Frage nach denke und sie mir stelle. Doch dieses Mal war sie nicht auf den Tod bezogen. Dieses Mal ging es wirklich darum, was wäre wenn ich nicht mehr in dieser Stadt, in diesem Land, auf diesem Kontinenten wäre. Würde mich wer vermissen? Würde Taylor mich vermissen? Und ich beantwortete diese Fragen mit nein, weil ich wusste das es niemanden geben würde, der mich vermissen würde. Und das war wiederrum der Grund, weswegen ich nicht sauer über den Umzug war. Weil es vielleicht wirklich, wie meine Mutter schon sagte, eine gute Chance wäre, noch ein letztes Mal neu anzufangen. Ich gebe dem leben eine letzte Chance. Ein aller letztes Mal.

28 Tage zuvor

Zwei Tage waren vergangen, seit mein Vater das Geheimnis mit dem Umzug gelüftet hatte. Und irgendwie freute ich mich auch darüber, aber auf der anderen Seite war es auch ein gewisser Schmerz, den ich spürte. Es war ein tiefer Schmerz und egal was ich auch tat, ich wachte jeden Tag aufs Neue mit ihm auf. Ich konnte nichts dagegen tun, geschweige denn etwas ändern. So sehr ich es auch wollte, aber es gelang mir nicht.

Ich quälte mich irgendwie durch den Schultag und fuhr danach noch zu meiner Therapeutin in die Stadt. Es war ein ziemlich kurzes, aber dafür ein sehr intensives und hilfreiches Gespräch.

Noch am selben Tag traf ich mich mit Taylor. Wir saßen knapp Drei Stunden im Park und redeten. Mehr taten wir nicht. Wir saßen einfach nur da und redeten. Und es war ein unglaublich schönes Gespräch.

24 Tage zuvor

Noch in der selben Woche entschied ich mich für einen sehr spontanen und ungeplanten Trip nach Selenka, um Kira zu ihrem 16. Geburtstag zu überraschen. Sie wusste nichts von meinem Besuch, nur ihre Mum war eingeweiht. Ich verbrachte insgesamt nur knapp einen Tag in Selenka und fuhr Sonntag spätnachmittag wieder zurück nachhause und zu meiner Überraschung holten mich Taylor und Paula beide vom Bahnhof ab und das bedeutete mir unfassbar viel. Es war wunderschön, aber gleichzeitig auch todtraurig, weil ich wusste, dass wir diesen Tag, diesen Moment nie wieder haben können. Wir können ihn kein zweites Mal erleben und vielleicht war es das, was mich so traurig machte. Denn nichts ist für die Ewigkeit. Das einzige das bleibt, ist unsere Erinnerung und ich hoffe, dass sie ewig ein Teil von mir sein wird. So wie du ein Teil von mir warst, aber wir können an nichts festhallten, das weiß ich jetzt.

20 Tage zuvor

Ich war nie grad besonders gut in der Schule und schon ganz und gar nicht in Mathe. Deshalb war es für mich eine Riesen Überraschung, das ich mit einer eins aus der Prüfung nachhause ging. Mich machte das ganze so stolz, das ich mich noch am selben Tag dazu entschied am kommenden Freitag, sprich in vier tagen eine kleine Party im Garten zu feiern. Ich plante alles ganz genau durch und machte mir Gedanken was ich alles dekorieren würde und wem ich alles einladen würde. Und nun ja, am meisten hoffte ich, dass Taylor zu der Party kommen würde. Das war mein größter Wunsch.

Zu diesem Zeitpunkt dachten alle, es ist eine Party aufgrund meiner guten Prüfungsnote, was sie aber nicht wussten, war das es eigentlich nur ein Vorwand war und ich in Wirklichkeit meine Abschiedsparty plante. Und das sagte ich natürlich keinem.

16 Tage zuvor

Heute war der Tag der tage gekommen und die Party stand vor der Tür. Allerdings erst abends, also blieb mir noch genügend Zeit alles vor zubereiten. Mit Paula hatte ich schon an den tagen davor Snacks und auch Alkohol gekauft, weswegen ich die Sachen später nur noch in den Garten bekommen musste.

Ich hatte an diesem Tag nur bis 13 Uhr Schule, was wirklich sehr angenehm war. Wir hatten auch keine schweren Fächer, wie Mathe oder so etwas, sondern nur deutsch und Geschichte, was mir den Tag natürlich vereinfachte und unkomplizierter machte. In der Pause ging ich mit einer Freundin im Schulgebäude rum und da wir das Handy während des Unterrichts nicht benutzten durften, machte ich es jetzt erst an. Mir kamen ein paar Nachrichten entgegen, unter anderem auch von Taylor. Ich hatte ihn einem Tag zuvor gefragt, ob er zu meiner Party kommen würde, und bis her hatte ich noch keine Antwort. Aber das änderte sich.

Hey, soll ich dir bei den Vorbereitungen helfen?

Und diese Nachricht brachte mich zum staunen. Wirklich, das hätte ich nicht erwartet. Wie sagt man noch gleich so schön, die schönsten Dinge passieren dann, wenn man nicht nach ihnen sucht. Ich antwortete ihm auf seine Nachricht

kannst du um 17 Uhr?

Denke schon

okay dann sei gegen 17 Uhr bei mir zuhause ja? Hab echt viel in den Garten zu tragen.

Alles klar

In der Hoffnung, dass es auch dabei blieb, machte ich mein Handy wieder auf Flugmodus und ging zum Geschichtsraum. Um ehrlich zu sein schraubte ich meine Hoffnung nicht grade hoch, dass es auch bei diesen treffen blieb. Ich kannte es ja bereits von ihm, das er ganz kurz davor absagte oder erst garnicht bescheid gab. Deswegen ließ ich es einfach auf mich zu kommen.

Nach dem Unterricht ging ich zum Ausgang und anschließend zum Bus. Zuhause angekommen aß ich erstmal eine Kleinigkeit und machte mich dann für die Party fertig. Ich schaute auf mein Handy, da ich eine Nachricht bekommen hatte. Es war Taylor, der schrieb dass er jetzt auf dem Weg sei und in diesem Moment war ich unfassbar glücklich. Keine 20 Minuten später war er auch schon vor meiner Haustür. Ich machte ihm die Tür auf und gingen dann in mein Zimmer, wo die ganzen Sachen auf meinem Bett verteilt lagen. Wir setzten uns einen Moment hin und redeten einfach nur, ehe wir uns auf den Weg zum Garten machten, um alles zu schmücken und her zurichten.

Im Garten angekommen, packten wir erstmal alles auf den großen Tisch, unter unserem Pavillion und fingen an die Lichterketten und auch andere Girlanden auf zuhängen. Nach getaner Arbeit setzten wir uns hin und teilten uns sogar eine Decke. Und dann fingen wir an zu trinken und irgendwie lief es dann darauf hinaus, dass wir Händchen haltend im Garten saßen. Ich hatte so ein starkes kribbeln im Bauch, das kann sich keiner vorstellen.

Langsam wurde es etwas frischer und Taylor gab mir seinen dunkelroten Pullover, den er zu dieser Zeit ziemlich oft trug.

Zwischen acht und halb neun trafen dann auch die ersten Leute ein, die ich zum Großteil aus der Klinik kannte und gut mit ihnen in Kontakt stand. Taylor und ich hielten auch den ganzen weiteren Abend noch Händchen und teilten uns eine Decke. Ich lehnte mich an ihn und er stützte seinen Kopf, auf meinem ab. Und irgendwie konnte ich in diesem Moment nicht wirklich mit der Situation umgehen und tränen kamen aus meinen Augen her raus. Taylor merkte das und drückte mich noch fester an sich. Und es fühlte sich so gut an, dass ich ihn am liebsten nie wieder los gelassen hätte. Doch auch die schönen Dinge finden irgendwann ein Ende. Gegen halb zwei gingen alle und somit endete meine letzte und erste Party in New Jersey. Meine Abschiedsparty.

12 Tage später

Vier Tage nach der Party trafen wir uns erneut, da er sein Pullover wieder haben wollte, aber ich glaubte, das es nur ein Vorwand war um mich wieder zusehen. Davon war ich fest übezeugt. Wir saßen zusammen im Park, wie immer, wo schließlich auch sonst und redeten bis in den späten Abend hinein und immer noch plarkte mich mein Gewissen, dass ich ihm die Sache mit dem Umzug nicht mehr länger verschweigen konnte. Ich musste es ihm erzählen. Aber nicht jetzt. Noch nicht jetzt.

10 Tage zuvor

Jetzt waren es noch knapp Zen Tage, bis zu unserem Umzug nach Amsterdam und ich hatte immer noch niemanden etwas davon gesagt. Weder meinen freunden, noch Taylor. Und das machte mich fertig. Ich wusste nicht, wie sie reagieren würden, aber ich wusste, dass ich sie nicht einfach so zurück lassen konnte, ohne auch nur irgendetwas gesagt zu haben. Das konnte ich ihnen beim besten Willen nicht antun. Und mir konnte ich das auch nicht antun.

Gegen Nachmittag begann ich die ersten Umzugkartons aus unserem Keller zu holen und sie zu fallten. Ich muss zugeben, ich bin echt ungern in den Keller gegangen, vor allem allein, weil ich den Keller schon von klein auf verabscheue, aber an diesem Tag ging es nicht anders.

Da ich sowieso alles ausräumen musste, bot es sich bei dieser Gelegenheit gleich an einmal komplett alles auszumisten und alles weg zuschmeißen, womit ich nichts mehr anfangen konnte. Und das war im enddefekt das Beste, was ich je gemacht habe. Es fühlte sich so befreiend an, das ich mich fragte, warum ich das nicht schon viel früher getan hatte.

8 Tage zuvor

Die vergangenen Tage zogen so schnell an mir vorbei, dass ich nicht wirklich weiß, wo ich anfangen soll. Bis zu diesem heutigen Tag, wusste immer noch niemand davon, dass meine Familie und ich einen Umzug auf einen völlig anderen Kontinenten planten. Ich mein wer ahnt sowas auch schon. Niemand wusste etwas davon. Zumindest bis zu diesem Tag.

Mein Dad Flug ein paar Tage früher nach Amsterdam um dort die Sache mit der Hausübergabe zu regeln. Geplant war, dass er pünktlich zum Auszug aus unserer alten Wohnung wieder da war und uns half die Sachen zu packen. Nur wie wir ja alle wissen, ist es im Leben nicht immer unbedingt super einfach und etwas planen kann manchmal schon ganz schön kompliziert werden. Meist macht einem das Leben einen Strich durch die Rechnung und all die Planerei war umsonst. Doch nicht an diesem Tag.

Es waren jetzt noch genau Acht Tage bis zum Umzug nach Amsterdam und das hieß, ich musste Taylor sagen, was passieren wird. Dass er mich vergessen wird. Dass er uns vergessen wird. Mir blieb keine andere Chance, als es ihm zusagen. Heute.

Ich vereinbarte ein Treffen mit ihm, in der Hoffnung, dass es auch dabei blieb und nicht wieder etwas dazwischen kam. 19 Uhr im Park hatten wir ausgemacht und als es dann kur vor 19 Uhr war und noch keine Absage kam, machte ich mich langsam auf den Weg in den Park und überlegte, wie ich es ihm am besten sagen könnte.

Ich ging über die Wiese und sah ihn schon von weitem auf der Bank sitzen, auf der wir immer saßen, wenn wir uns verabredeten. Ich ging den Weg entlang und zu ihm hin. Ich war total nervös und irgendwie zitterte ich auch total.

„hey schön das du da bist." Sagte ich, während er mich fest umarmte.

„hey wie geht es dir? Wie war dein Tag?"

„ach joa normaler Dienstag halt und bei dir?"

„relativ entspannend. Ich hab heute nämlich frei." Er lächelte zu mir rüber und in diesem Augenblick wusste ich nicht mehr, ob ich es ihm überhaupt sagen sollte, doch dann dachte ich nach. Was wäre wenn er eines tages keine Spur mehr von mir findet, keine Ahnung hat, wo ich bin. Einfach so von einem Tag auf den anderen einfach so verschwunden. Konnte ich ihm das wirklich antun? Und die Antwort war nein, nein konnte ich nicht. Allein diese Vorstellung machte mich unfassbar traurig, dass ich ihn hier so zurück ließ und deswegen entschied ich mich dazu es ihm zu sagen.

„Taylor ich muss dir etwas sagen." Sein Lächeln verschwand plötzlich und sein Gesichtsausdruck wurde ernster.

„was ist los? Ist etwas geschehen?"

„so in etwa vielleicht. Bevor ich dir sage, was ich dir zu sagen habe, musst du mir versprechen das du um Gottes Willen keines falls traurig bist, okay"

„ich verspreche es dir Skyler."

Ich holte tief Luft, dann sprach ich weiter. „meine Familie hat sich dafür entschieden Umzuziehen. Wir ziehen Mitte nächste Woche nach Amsterdam Taylor." Tränen bildeten sich in meinen Augen und schossen plötzlich her raus. Taylor lächelte, weil er dachte ich würde ihn verarschen, aber als er merkte das ich weinte, verließ ihn sein Lächeln schnell wieder.

„du meinst das ernst?" er holte kurz Luft. „wie lang weißt du es schon?"

„seit knapp drei Wochen." Ich ließ den Kopf sinken.

Er sprang auf und schaute mich entsetzt an. „seit drei Wochen Skyler. Verdammt warum sagst du mir den nichts?"

„ich wusste nicht wie Taylor. Ich wusste einfach nicht wie."

Er kam auf mich zu und drückte mich fest an sich. Und nun standen wir dort. Arm in Arm und vermutlich war es ein Abschied. Vermutlich.

3 Tage zuvor

Die letzten Drei Tage hier waren angebrochen und das ließ mich erstaunlicherweise ziemlich kalt. Klar war es ein Abschied, und abschiede tun in der Regel immer weh, aber vielleicht war es auch ein guter Start für einen Neuanfang.

In den vergangenen Wochen habe ich gelernt, dass selbst der glücklichste und freundlichste Mensch auf dieser Welt, der traurigste sein kann. Dass es nichts gibt, was einem dort raus hilft. Das man an nichts festhallten kann und das man beides braucht. Schmerz und Freude, um leben zu können. Und das man Willenstärke braucht um dieses Leben zu meistern. Wenn du so bist, wie ich, dann herzlich Wilkommen im Club. Dann hast du diese Willenstärke. Ich hoffe dass du dieses Spiel bestehst und bestmöglichst auch gewinnst, denn das ist es nämlich. Das Leben ist ein Gott verdammtes Spiel und nur die wenigsten schaffen es. Es ist ein Spiel ohne regeln. Alles ist erlaubt und nichts wird bestraft. Das habe ich gelernt, aber ob es mich weiterbringen wird, weiß ich nicht. Es ist Zeit Abschied zu nehmen und abschiede sind eine der schwersten Dinge in unserem leben. Schon seit klein auf wird uns gelehrt zu lieben, aber keiner zeigt uns, wie man damit aufhört. Weil man es nicht kann. Wenn du wirklich jemanden liebst, dann wird diese Person immer in deinem herzen sein, merk dir das.

Heute

Ruckartig wurde ich um acht Uhr von meinem Wecker geweckt. Normalerweise viel es mir immer schwer aus dem Bett zukommen, aber so nicht an diesem Tag. Ich hab die weiß bemusterte Bettdecke, die mich wärmte an, steckte meine Füße hinaus und stand langsam auf. Ich ging zu einem der vielen Umzugkartons, die überall in meinem Zimmer verteilt waren und riss einem, wo fett draufstand „Klamotten" auf und fischte mir etwas zum anziehen her raus. Gemütlich und bequem sollte es sein, schließlich stand mir eine zwei stündige Autofahrt zum Flughafen in eine Nachbarstadt und anschließend ein 13 stündiger Flug bevor. Ich schlüpfte schnell in meine Sachen und ging dann die Wendeltreppe nach unten in die Küche, wo meine Eltern und mein Bruder schon mit dem Frühstück auf mich warteten. Ich nahm mir eine Schüssel, die wir beim packen am Vortag extra draußen gelassen hatten und befüllte sie bis zur Mitte mit Cornflakes und etwas Mandelmilch. Dann setzte ich mich zu ihnen an den großen Esstisch. Das Essen an diesem Tag viel mehr extrem schwer. Es war eine Last es runter zu bekommen, aber ich schaffte es irgendwie. Meine Mum schaute während des essens immer wieder zu mir, aber fragen was los war, tat sie nicht und dafür war ich sehr dankbar. Für mich war dieser Tag eine Mischung aus Erleichterung und Schmerz. Und wahrscheinlich war es mehr schmerz, als alles andere. Zumindest fühlte es sich so an. In diesem Moment wusste ich nicht, ob es nur der Liebeskummer war, oder die Depression, die wieder größer wurde. Wahrscheinlich war es beides. Weil beides weh tat. Und weil ich die Person, die ich am meisten geliebt hatte, oder eher besser gesagt immer noch liebte, auf einem anderen Kontinenten allein zurück ließ. Und das war das, was so weh tat. Nach allem was geschehen war, was wir zusammen erlebt hatten, war es das, was am meisten weh tat.

Nach dem Frühstück ging ich zurück in mein Zimmer. Ein aller letztes Mal. Ich ging umher und egal was ich ansah, zu jedem kleinsten Detail in meinem Zimmer, konnte ich eine Erinnerung mit Taylor verbinden. Er war mir in den letzten Wochen und monaten so verdammt wichtig geworden. Er stand mir nahe. Wenn nicht so sogar am aller nahsten. Er war mir nahe und doch so fremd. Und alles in einem war es nur Schmerz, den ich spürte. Und Tiefe Tiefe Traurigkeit.

Zwischen dem ganzen Chaos von Umzugkartons und möbeln die teilweise halb aufgebaut und halb abgebaut waren, suchte ich meine Kopfhörer. Als ich sie fand, steckte ich sie in mein Iphone, machte die

Stöppsel in mein Ohren und scrollte durch meine „Sad Songs" Playlist. Ein aller letztes Mal wollte ich diesen Song hören und mich an alles erinnern. Diesen einen bestimmten Song. The Night we met von Lord Huron. Einer der schönsten und zugleich auch traurigsten Songs, die ich jemals in meinem ganzen Leben bisher gehört hatte. Ich drückte auf Play und setzte mich auf mein Bett. Erinnerungen blitzten auf. Das erste Mal, als er mich angelächelt hatte, wir uns draußen im Regen umarmt hatten und Minuten so stehen blieben. Als er bei mir zuhause war und es sich anfühlte, als wäre endlich alles gut. Wir nachts draußen unterwegs waren und um drei Uhr nachts auf einer Bank saßen und über das Leben sprachen. Als wir an meiner Entlassung aus der Klinik etwas getrunken hatten, wir zusammen lachten und zusammen weinten. Als wir die Personen sein konnten, die wir immer sein wollten. Uns nicht hassten. Als er mir so nahe war. Als ich dachte, aus uns könnte wirklich etwas werden. All diese Momente werde ich nie vergessen. Sie sind jetzt ein Teil von mir und sie werden es immer bleiben. Tränen liefen aus meinen Augen und vielen zu Boden, aber ich ließ es zu, denn sie zu unterdrücken, wäre Schwachsinn. Es tat weh und das sollte es auch.

Plötzlich ging die Tür meines Zimmers auf und mein Dad stand in der Tür. Schnell wischte ich die Tränen weg und setzte ein Lächeln auf.

„ich wollte dein Bett abbauen, wenn es recht ist. Uns bleiben nur noch vier Stunden." er lächelte.

„ja na klar." sagte ich leicht bedrückt, schnappte mein Handy und ging aus meinem Zimmer her raus. Ich ging zu meiner Mum in die Küche und bot ihr meine Hilfe an, die sie dankend annahm.

Die letzten Stunden waren die Hölle um ehrlich zu sein, doch dann konnte es endlich los gehen. Mein Dad und mein Bruder verstauten die Kartons ins Auto. Die restlichen Möbel hatten wir bei Ebay kleinanzeigen zum schmalen Kurs verkauft. Ich zog meine Schuhe an, die in der hintersten Ecke des großen Flures lagen, wurf mir meinen gut gefüllten Rucksack über die Schulter und verlass dieses Haus. Das aller letzte mal. Für immer. Ich schaute auf die Straße zu, auf unser Auto, das rechts stand, auf Robin, der noch mit ein paar Kartons am werkeln war. Und dann schaute ich nach links und da war Taylor.

„hey, dein Bruder hat mir gesagt wann ihr fahrt und deswegen dachte ich, ich schau noch kurz vorbei." sagte er mit beiden händen in der Hosentasche. Und er wirkte bedrückt, nervös, einsam, verletzt und traurig. Und irgendwie auch zerbrochen. Ich hatte noch nie einen so leeren und traurigen und doch so ausstarksagenden blick gesehen, wie an diesem Tag.

Ich antwortete ihm nicht, sondern schaute einfach nur verletzt zu Boden. Ein leises schniefen war zu hören und dann viel eine Träne zu Boden. Er sah mich nun an. Direkt in meine Augen.

„Skyler was ist das Gegenteil von Traurigkeit?"

„das was wir erlebt haben, Taylor." als ich das sagte viel ich ihm um den Hals. Nun standen wir da. Minute um Minute. Und ich wünschte, ich hätte die Zeit anhalten können. Ich löste mich aus der Umarmung und versuchte meine Tränen weg zu wischen.

„vielleicht sehen wir uns irgendwann wieder."

„nichts wünsche ich mir mehr." das war das letzte was er sagte. Und er sagte das mit Tränen in den Augen. Ich rieb meine Hände an einander und schaute zu Boden.

„okay ich muss dann mal." Ich signalisierte ihm mit meiner Hand eine Art winken, nahm sie aber schnell wieder runter und ging langsam zum Auto. Ich öffnete die Tür, stieg ein und schnallte mich an. Ich schaute nicht zurück. Zumindest nicht, was meine Augen betraf. In Gedanken schaute ich nämlich andauernd zurück. Und so endete die wohl schönste und zugleich traurigste Geschichte in meinem Leben.

ICH LIEBE DICH TAYLOR STANDEL UND WAHRSCHEINLICH SOGAR FÜR IMMER.

Danksagung

Das hier ist nur eine von vielen Geschichten, die ich schrieb um meine Gefühle irgendwie zu verarbeiten, aber es ist die einzige, die es so weit geschafft hat. Die mich am meisten berührt hat.

Als ich angefangen habe diese Geschichte hier zu schreiben, habe ich nicht damit gerechnet, dass sie tatsächlich irgendwann mal fertig geschrieben sein wird. Und wenn du, ja genau du, dass hier grade liest, dann habe ich es geschafft und das bedeutet mir unfassbar viel. Also danke an jeden, der mir geholfen und mich unterstützt hat.

Ich liebe euch von ganzen herzen.